BIOGRAFIAS — MEMÓRIAS — DIÁRIOS — CONFISSÕES
ROMANCE — CONTO — NOVELA — FOLCLORE
POESIA — HISTÓRIA

1. MINHA FORMAÇÃO — Joaquim Nabuco
2. WERTHER (Romance) — Goethe
3. O INGÊNUO — Voltaire
4. A PRINCESA DE BABILÔNIA — Voltaire
5. PAIS E FILHOS — Ivan Turgueniev
6. A VOZ DOS SINOS — Charles Dickens
7. ZADIG OU O DESTINO (História Oriental) — Voltaire
8. CÂNDIDO OU O OTIMISMO — Voltaire
9. OS FRUTOS DA TERRA — Knut Hamsun
10. FOME — Knut Hamsun
11. PAN — Knut Hamsun
12. UM VAGABUNDO TOCA EM SURDINA — Knut Hamsun
13. VITÓRIA — Knut Hamsun
14. A RAINHA DE SABÁ — Knut Hamsun
15. O BANQUETE — Mario de Andrade
16. CONTOS E NOVELAS — Voltaire

PAN

Vol. 11

Capa
Cláudio Martins

Tradução de
Augusto Souza

EDITORA ITATIAIA
BELO HORIZONTE
Rua São Geraldo, 53 — Floresta — Cep. 30150-070
Tel.: 3212-4600 — Fax: 3224-5151
e-mail: vilaricaeditora@uol.com.br
Home page: www.villarica.com.br

Knut Hamsun

PAN

EDITORA ITATIAIA
Belo Horizonte

2005

Direitos de Propriedade Literária adquiridos pela
EDITORA ITATIAIA
Belo Horizonte

Impresso no Brasil
Printed in Brazil

ÍNDICE

Capítulo I	9
Capítulo II	11
Capítulo III	13
Capítulo IV	15
Capítulo V	18
Capítulo VI	22
Capítulo VII	25
Capítulo VIII	28
Capítulo IX	32
Capítulo X	35
Capítulo XI	39
Capítulo XII	40
Capítulo XIII	43
Capítulo XIV	46
Capítulo XV	48
Capítulo XVI	54
Capítulo XVII	57
Capítulo XVIII	65
Capítulo XIX	70
Capítulo XX	72
Capítulo XXI	79
Capítulo XXII	83
Capítulo XXIII	87
Capítulo XXIV	92
Capítulo XXV	95
Capítulo XXVI	97
Capítulo XXVII	102
Capítulo XXVIII	104
Capítulo XXIX	109
Capítulo XXX	110
Capítulo XXXI	112
Capítulo XXXII	113
Capítulo XXXIII	114
Capítulo XXXIV	117
Capítulo XXXV	118
Capítulo XXXVI	120
Capítulo XXXVII	123
Capítulo XXXVIII	124

CAPÍTULO I

Há algum tempo que me acodem persistentemente à memória os dias de verão passados perto de Sirilund, na costa setentrional, a cabana onde vivi e a emaranhada floresta que se estendia por detrás. Decidi escrever algumas das recordações dessa época, a fim de combater o tédio; os dias parecem-me intermináveis, apesar de viver a vida alegre do celibatário que nenhuma sombra empana; sinto-me feliz e carrego agilmente o fardo dos meus trinta anos. Recebi há pouco umas penas verdes de pássaro nórdico, chegadas inesperadamente em um subscrito lacrado, que me trouxeram satisfação e avivaram antigas lembranças. A única coisa que atualmente me incomoda são umas dores no pé esquerdo, resultantes de um ferimento a bala; porém essas mesmas são intermitentes e só recrudescem quando ameaça chuva — o que me torna uma espécie de barômetro vivo.

Há dois anos o tempo não me parecia tão lento como agora e o princípio do outono sempre me surpreendia como se chegasse antecipadamente. Em 1855 — vou dar-me ao prazer de recordar — sucedeu a aventura que às vezes me parece um sonho. Como não tornei a pensar nele, muitos detalhes menores se desvaneceram; se bem me lembro, porém, naquela época tudo me parecia ter um resplendor estranho: as noites, tão claras como os dias, sem uma única estrela no céu; as pessoas, que adquiriam um encanto particular, como se fossem seres de outra natureza subitamente revelada, à maneira de imensa flor, para uma vida mais fragrante e louçã... oh! não nego houvesse algum sortilégio nesta visão que assim sublimava homens, luzes e paisagens, mas como nunca o experimentara até então, vivia dias venturosos, em pleno milagre.

Em certa casa branca situada à beira-mar, conheci uma pessoa que durante algum tempo, pouco, felizmente, havia de encher todos os meus pensamentos. Agora raramente penso nela, a maior parte do tempo sua imagem desaparece por completo da minha memória, enquanto outros detalhes que então supunha não observar — o grasnar dos pássaros marinhos, minhas peripécias de caçador, as claras noites profundas, as horas cálidas de verão — acodem-me especialmente à lembrança. Conheci essa pessoa por uma circunstância fortuita, mercê da qual adquiriu para mim o singular atrativo que de outro modo não teria assumido nunca.

Da minha cabana avistava as ilhotas, os recifes da costa, um pedaço de mar e os cimos levemente azulados e transparentes das montanhas. Já tive ocasião de dizer que pelo lado de trás se estendia uma floresta imensa. Uma alegria, uma espécie de gratidão para com a beleza da paisagem penetrava minha alma só ao olhar os caminhos recendentes a raízes e folhas; o acre aroma da resina, intenso como o do cerne de algumas plantas, causavam-me às vezes uma viva excitação e eu ia então tranqüilizar os sentidos para a sombra das árvores imensas, onde, pouco a pouco, tudo dentro de mim se transformava em harmonia e serena força. Diariamente percorria as frondosas colinas, e em meu espírito não havia outro desejo senão o de que tais passeios por entre a lama e a neve se prolongassem indefinidamente. Meu único companheiro era Esopo; hoje é Cora quem suaviza meus cuidados de solitário, mas naquele tempo levava Esopo, meu cão, que depois matei.

Freqüentemente à noite, ao regressar da caça, sentia-me envolvido pela mansa quietude da minha casinha, e um êxtase me penetrava e agitava todo o meu ser em doces vibrações. Então, necessitado de comunicar com alguém, dizia a Esopo, que me olhava com seus olhos fundos e compreensivos, minha alegria por aquele bem-estar compartilhado por ele: "Que te parece se acendêssemos fogo na lareira e

10

assássemos uma ave?" E enquanto comíamos, Esopo ia instalar-se no seu canto favorito, perto da entrada, ao passo que eu me estendia sobre o leito a saborear uma cachimbada, o ouvido atento aos mil murmúrios do bosque que já haviam perdido para mim toda a confusão, e nem perturbavam o vasto silêncio só de vez em quando cortado pelo áspero grito de algum pássaro, após o qual a tranqüilidade voltava a ser mais inefável e balsâmica. Muitas vezes me sucedeu adormecer vestido e acordar depois de um longo sono. Através da janela, ao longe, alvejavam as grandes construções do porto, e mais próximo se definia o casario de Sirilund, a pequena barraca onde comprava o pão. O despertar era tão brusco que durante um momento ficava surpreendido de me encontrar naquela cabana, à beira da floresta. Esopo, vendo-me voltar à vida, sacudia o corpo esbelto e elástico, fazendo tilintar os guizos da coleira, e abrindo repetidas vezes a boca movia a cauda como a dizer-me — "Já estou pronto". Eu levantava-me depois de quatro ou cinco horas de sono reparador, de novo ágil e alegre, como se também dentro do meu coração tilintasse um guizo.

Quantas noites assim passaram!

CAPÍTULO II

Para estar contente pouco importa que o vento gema cá fora ou a chuva açoite as vidraças. Quanto mais densa é a cortina de água e mais violento o furacão, mais pueril e límpida é a alegria que embala o espírito; encerramo-nos com ela e desejaríamos guardar, como alguma coisa muito íntima, a felicidade de sentir a alma tépida e confortada em meio ao desamparo da Natureza. Sem motivo aparente o riso sobe-nos aos lábios, e pelo pensamento, estimulando-o para alegres perspectivas, passam luminosas imagens sugeridas pelos menores detalhes, reais ou ilusórios: um claro vidro, um raio de sol quebrando-se na janela, um pedaço de céu azul, nada mais é preciso. Pelo contrário, em outras ocasiões, os mais agitados festins não conseguem arrancar-nos à nossa taciturna concentração, e em pleno baile permanecemos frios e indiferentes. É que a fonte das alegrias e tristezas reside no mais profundo de cada ser.

Recordo um dia em que fui até à praia e surpreendido pela chuva me refugiei sob o alpendre onde se guardavam as lanchas, pondo-me a cantarolar à espera de que passasse a chuvarada. De repente Esopo ergueu a cabeça e eu senti que vozes se aproximavam. Dois homens e uma moça, também à procura de abrigo, surgiram por entre exclamações e risos.

— Depressa... Temos aqui lugar!

Cessei de cantarolar e levantei-me. Um dos homens vestia uma ampla camisa enrugada pela chuva, em cujo peitilho fulgia um grande alfinete de diamantes. Este detalhe e os finos sapatos que calçava, davam-lhe um imprevisto aspecto de elegância. Era o sr. Mack, o principal comerciante de Sirilund, a quem cumprimentei por tê-lo visto algumas vezes no estabelecimento onde costumava sortir-me de pão. Mais de uma vez me convidara a visitá-lo, em que eu tivesse ainda resolvido atender ao seu convite.

— Ainda bem que chegamos a território amigo... disse ao ver-me. Tencionávamos ir até ao moinho, mas a chuva obrigou-nos a retroceder. Que tempo, hein? Quando nos dará o gosto de vir a Sirilund, senhor tenente?

Apresentou-me ao homenzinho que o acompanhava — um médico das vizinhanças — e entretanto a senhorita que vinha com eles soergueu o véu e pôs-se a falar em voz baixa a Esopo. Quase sem querer, observei através das casas e dobras do seu abrigo, que trazia um vestido velho e descorado. O sr. Mack apresentou-me pouco depois a ela; era sua filha e chamava-se Eduarda. Depois de me dirigir um olhar quase furtivo através do véu que ainda lhe escurecia os olhos,

12

voltou-se outra vez para o cachorro, cuja inscrição, gravada na coleira, se pôs a ler.

— Chamas-te então Esopo? Diga-nos quem era Esopo, querido doutor; só me lembro de que era frígio e escrevia fábulas. Não havia dúvida; tinha diante de mim uma mocinha, uma menina quase. Olhando-a bem convenci-me de que apesar da sua estatura não ia além dos dezesseis anos. Tinha feições vivazes, os olhos cheios de claridade e suas mãos morenas ignoravam decerto a sujeição das luvas. Ouvindo-a não pude deixar de sorrir à idéia de que ela conhecia talvez de antemão o nome do meu companheiro, e consultara o dicionário para brilhar quando chegasse a ocasião. O sr. Mack fez amáveis perguntas acerca dos meus prazeres venatórios e pôs à minha disposição uma das suas lanchas, acrescentando que no dia em que eu desejasse utilizá-la, poderia fazê-lo independente de nova oferta. O doutor não pronunciou uma única frase, e quando nos separamos reparei que coxeava ligeiramente, apoiando-se a uma bengala. Regressei à casa de ânimo abatido, e enquanto preparava a ceia voltei a trautear a cantiga que me vinha insensivelmente aos lábios. Aquele encontro não deixara em mim o menor vestígio de interesse; os detalhes mais vivos eram a enrugada camisa do sr. Mack, e o alfinete de diamantes, ao qual a palidez do dia arrancava amarelentas cintilações.

CAPÍTULO III

Em frente à minha cabana, a poucos passos do caminho, erguia-se uma pedra acinzentada que chegou a adquirir para mim fisionomia amigável. Dir-se-ia uma companheira que ao ver-me chegar me saudasse prazenteiramente. Cada manhã, ao sair, passava junto dela, e experimentava às vezes a emoção de separar-me de um amigo fiel que esperaria paciente, afetuoso e imóvel, o meu regresso.

A caça entretinha-me quase todo o dia na solidão rumorosa do bosque. Em certas ocasiões tinha sorte e em outras não conseguia matar um único pássaro; mas todos os dias era feliz. Para além das ilhas o mar espraiava-se em imenso e pesado repouso, e dos pontos mais altos eu contemplava-o com enlevo. Nas épocas de calmaria as barcas não avançavam, e durante três ou quatro dias parecia aos meus olhos a mesma paisagem imóvel, as mesmas velas, brancas como gaivotas, pousadas sobre a água a iguais distâncias; mas, quando a brisa corria, as montanhas longínquas enegreciam subitamente e densas nuvens que pareciam desprender-se delas cobriam o céu. Às vezes sobrevinha a tempestade, oferecendo-me um espetáculo grandioso; a terra e o céu pareciam juntar-se iradamente, o mar agitava-se, convulso, esboçando fugitivas silhuetas de homens, cavalos e monstros gigantescos. Ao abrigo de uma rocha, com as cordas do espírito tensas pelo terrível drama das coisas sem alma e pela eletricidade do ar, permanecia cheio de pensamentos confusos, dizendo-me: "Só Deus sabe o que neste instante se passa perante os meus olhos incapazes de ver o fundo verdadeiro das coisas. Por que abre o mar diante de mim tão terríveis abismos? Se pudesse penetrar até ao seu âmago, talvez surpreendesse o ígneo centro do planeta onde referve o formidável caudal que nutre os vulcões". Esopo, inquieto da sua própria intranqüilidade e talvez da minha, erguia as narinas com visível mal-estar, olfateando, trêmulos os músculos; e como eu lhe não dirigia a palavra, terminava por se aninhar entre os meus pés, seguindo com seus claros olhos a direção dos meus, atentos ao vaivém gigantesco das ondas. Nem um grito, nenhuma palavra humana perturbava aquele embate das forças primordiais do mundo. Muito longe, no porto, surgia isolado um rochedo; e quando uma onda se quebrava contra ele, abria-se, no refluxo, uma depressão que permitia à pedra erguer-se semelhante a uma divindade marinha, que saísse, gotejando, para contemplar o universo, e depois de alçar a barba espumejante, agitada pelo vendaval, tornasse a submergir em seus misteriosos domínios.

Uma tarde, quando mais rugia a tormenta, um pequeno vapor aproximou-se afanosamente da baía. Ao meio-dia avistei-o junto ao cais, onde um grupo se apinhava para o contemplar de perto. Era a primeira vez, durante o meu veraneio, que via tanta gente reunida, e pude notar que todos tinham os olhos azuis. Perto do grupo, uma jovem com um gorro de lã branca erguia vigorosamente o rosto puro e apetitoso, coroado de escuros cabelos. Quando me aproximei examinou-me com curiosidade, fixando-se na minha roupa de pele, na minha espingarda, e perturbou-se quando lhe disse: "Devias usar sempre esse gorro porque te vai maravilhosamente". No mesmo instante um homem hercúleo, vestido com um capote irlandês, aproximou-se e puxou-a autoritariamente por um braço. "Talvez seja o pai", pensei. Sabia que aquele homem era o ferreiro do povoado, porque poucos dias antes lhe levara a consertar uma das minhas armas, e não tornei a recordar-me dele e nem da submissa pequena do gorro branco.

A chuva e o tempo logo realizaram sua tarefa de fundir a neve, e ventos hostis e gélidos percorreram a região; os ramos secos estalaram, os caminhos cobriram-se de folhas amarelas e as gralhas, com ásperos grasnidos, abandonaram os ninhos em debandada; depois, uma certa manhã milagrosa tornou a aparecer o sol, novo e esplendoroso, por detrás dos montes. Uma inefável onda de alegria me penetrou ao vê-lo transpor os píncaros; tomei a espingarda e embrenhei-me na floresta, possuído de uma alegria tão profunda que não cabia em gestos nem palavras.

CAPÍTULO IV

Nesses dias de ressurreição da Natureza, a caça era tão abundante que minha arma devia sentir satisfeitos os seus mudos e mortíferos instintos. Por vezes, não contente com as lebres, ocorria-me atirar sobre qualquer ave marinha pousada nas saliências dos rochedos; o ar era de tal modo transparente que nenhum tiro errava. Oh, que incomparáveis dias! A ânsia de desfrutá-los impelia-me de tal maneira, que frequentemente me munia de provisões para dois ou três dias e partia em excursão te aos mais altos píncaros, onde os lapões me obsequiavam com seus amanteigados queijitos, cheirando a erva. No regresso acomodava a caça em meu bornal a fim de dar lugar a algum pássaro tardio, e em vez de penetrar sob os alpendres da folhagem, sentava-me em algum declive, amarrava Esopo perto de mim e ficava a contemplar o mar escuro e sussurrante no desmaio do crepúsculo. As vertentes das montanhas negrejavam na sombra crescente, e a água deslizava por elas com leve rumor, dando-lhes um brilho móvel que abreviava as horas. Nesses instantes vinham-me ao pensamento idéias como esta: "Esses regatos cantam sem que ninguém se detenha a ouvir-lhes a música humilde, e todavia não inquietam e prosseguem sua doce canção, harmonizada com o ritmo de todos os mundos". Às vezes, com súbito fragor, o estalar imenso de um trovão fazia trepidar a paisagem; algum pedregulho solto rolava até ao mar, deixando um rastro de pó leve e ascendente como se fosse fumo; Esopo alçava o focinho nervoso, surpreendido por aquele repentino cheiro de terra úmida... A montanha estava tão socavada que um tiro ou um grito podiam originar a queda de uma das pedras mal assentes na ladeira; e assim eu me entretinha a gritar para ver cair aquelas pedras, talvez desejosas de se irem refrescar no mar.

Por uma brusca noção do tempo, tão levemente fugitivo durante hora e horas, libertava Esopo e pondo o bornal às costas continuava o caminho. Na penumbra crepuscular logo encontrava o costumeiro atalho, por cujos ziguezagues seguia sem pressa, ao passo melancólico de quem não tem ninguém a esperá-lo em casa. Como um soberano caprichoso ia de um lado a outro por meus domínios, e os pássaros detinham seus chilreados, como tímidos cortesões, ao sentirem-me aproximar. Apenas algum mais audaz cantava sem fazer caso de mim... e estes eram os meus preferidos.

Certo meio-dia, ao transpor um cotovelo do caminho, vi que duas pessoas caminhavam à minha frente e apressei a marcha para averiguar quem eram; antes de alcançá-los, por seu andar irregular, reconheci o doutor e por seu talhe flexível, simultaneamente de mulher e de menina, Eduarda. Quando se voltaram cumprimentei-os, e começamos a conversar; pareceram interessar-se tanto pela minha arma, pela cartucheira, pela bússola e pelo meu livre gênero de vida que os convidei a visitar-me.

Como tantas vezes, a tarde chegou quando minha alma avara se não tinha ainda enfastiado do ouro do dia; regressei e acendi meu lume, assei na chama a mais bela peça do meu bornal e deitei-me para adormecer uma atividade desejosa de exercer-se enquanto esperava o dia seguinte. Mas o sono não conseguia fechar-me inteiramente os olhos. O silêncio e a quietude circundantes mantinham-me desperto, de tal modo que acabei por levantar-me; debruçado à janela, pus-me a contemplar o mágico reflexo que, como uma sementeira celeste, caía sobre os campos, sobre o mar. O sol desaparecera havia pouco, deixando no confim ocidental manchas vermelhas e profundas, como de azeite. O céu durante um momento brilhou, límpido, até que, muito devagar, com maravilhosa timidez, as estrelas começaram a viver... Agora o firmamento esplendia de pequeninas luzes de azulada prata. Eram milhares, milhões... E havia alguma coisa tão grande e tão nova na eterna repetição deste espetáculo, que meus olhos se comunicaram intimamente com minha alma, dando-lhe a sensação de estar contemplando as profundezas da obra de Deus. O coração acelerou o ritmo como se a imensidade vazia fosse sua morada familiar, e outra vez as idéias ingênuas acudiram quase aos meus lábios nesta pergunta infantil: "Por que seria que o horizonte se enfeitou esta tarde de lilás e ouro? Será que esta noite é de festa lá em cima, e meus ouvidos imperfeitos não podem perceber a música de maravilhosas orquestras, nem meus olhos alcançar os rios celestes, sobre os quais, em suavíssimas fileiras, talvez deslizem miríades de barcas de velas pandas? Talvez, talvez". E com os olhos baixos contemplo dentro de mim o suposto desfile, que segue o fio do meu encantamento, despertando idéias, imagens, luzes... até que chegam a fadiga e o sono.

Assim decorriam muitos dias. Passava outros observando os acidentes do degelo, sem me ocupar da caça, por poucas provisões que tivesse, atento só aos inumeráveis segredos da natureza, que se me iam revelando à maneira de prêmios por um esforço puro e tenaz. A cada hora surpreendia em torno de mim novas transformações, como se as árvores, os animais e as pedras se preparassem para receber o verão já próximo. O moinho estava prisioneiro entre as neves, mas ao redor a terra parecia esmagada pelos passos de quantos homens, durante anos e anos, ali haviam passado carregados de repletos sacos; nas paredes viam-se letras enlaçadas e datas que às vezes me davam a impressão de rostos conhecidos esforçando-se em reagir contra o esquecimento e em eternizar o que só dura um minuto e logo passa para sempre... para sempre!

CAPÍTULO V

Continuarei indefinidamente este diário? Não; escreverei apenas mais um pouco, para contar o triunfo maravilhoso da primavera, e como os campos se revestiram de um esplendor cuja contemplação me abreviou tantas obras. A renovação anunciou-se pelo cheiro de enxofre vindo da terra e do mar, hálito das folhas mortas ao decomporem-se. Os pássaros começaram a carregar pequenas hastes para construir seus ninhos, e dois dias após os regatos exaustos engrossaram e cobriram-se de espumejante murmúrio. As primeiras mariposas adejaram, como flores enlouquecidas, de um lugar para outro; no porto, as lanchas de pesca começaram a aparelhar, para irem ao encontro dos bandos de peixes que vinham dos mares quentes. Uma semana mais tarde os dois bergantins de mister Mack chegaram, e descarregaram em frente às pequenas ilhas os seus prateados carregamentos de sal, onde o sol acendia rútilas fulgurações. O porto, antes silencioso e vadio, animou-se subitamente; da minha janela via o alegre tumulto dos secadouros, sem sentir, todavia, perturbada a minha deliciosa solidão. Apenas de tarde em tarde algum transeunte cruzava os meus domínios; um dia foi Eva, a filha do ferreiro, e notei que também a primavera lhe causava um efeito parecido ao das árvores, pois um leve rosado coloria a sua pele.

— Que fazes por aqui? — perguntei-lhe.

— Vou ao bosque — respondeu docemente, mostrando-me a corda com que costumava atar a lenha.

Como da vez anterior usava o gorrinho branco que tanta graça lhe dava, e quando se afastou de mim observei-a por longo tempo, com a vã esperança de a ver voltar a cabeça. Sua recordação desvaneceu-se pouco a pouco, e assim transcorreram vários dias sem que ninguém tornasse a encontrar-se comigo.

A primavera avançava, esplendorosa, e todo o bosque se vestia de claro. Era um prazer puríssimo ver os pássaros escalarem os mais altos ramos das árvores para de lá saudarem o sol, com alegres trinfos. Dir-se-ia o renascer do mundo. Muitas vezes me levantava as duas da manhã para tomar parte naquele delicioso despertar; porém o meu sangue, com a caminhada, acelerava o seu ritmo, e a espingarda fazia das suas. De volta trazia sempre a intenção de secar e arrumar meus utensílios de pesca, mas vencido pela moleza contemplativa deixava tudo para o outro dia. Um pressentimento alegre e indefinível me fazia esperar alguma coisa; uma tarde, Esopo ergueu-se de repente e começou a ladrar para a porta. "Aí está ela", disse para mim mesmo sem saber a quem me referia, apressando-me a tirar o boné para a receber melhor. A voz da filha do sr. Mack soava já perto da porta, e ela não tardou a aparecer; segundo me disse, vinha com o doutor cumprir a promessa da visita.

— Ficou um pouco atrás, mas já aí vem.

E entrou, estendendo-me com naturalidade de criança a sua mão trigueira. Depois acrescentou:

— Já viemos ontem, mas o senhor não estava.

Sentou-se à beira da cama e começou a examinar minha casinha. O médico chegou, entretanto, e tomou lugar no banco, perto de mim. A conversação não demorou a animar-se. Disse-lhes da minha caça que havia no bosque e da recente proibição de matar certas espécies escassas. O doutor mal falava, e como Eduarda lho reprovasse aproveitou a imagem do deus Pan gravada no meu pote da pólvora, para nos contar o mito. Interrompendo-o como se realmente o não escutasse, Eduarda perguntou-me:

— E de que se alimentará o senhor quando a proibição for absoluta?

— De peixes; terei sempre mais do que necessito para viver.

— Seria melhor que viesse comer conosco. No ano passado esta casinha foi alugada a um inglês, mas ele era menos retraído do que o senhor, e vinha comer no povoado.

Várias vezes os nossos olhares se cruzaram, e eu senti como se uma suave carícia, precursora da primavera, me envolvesse. Talvez residisse na morna luminosidade do dia a razão do meu bem-estar, mas é forçoso confessar que toda a pessoa da filha do comerciante me era extremamente agradável e que a curva graciosa das suas sobrancelhas se me afigurava singularmente perfeita. Durante um pedaço ouvia-a fazer perguntas e observações cerca do meu albergue, cujas paredes estavam cobertas de peles e de asas de pássaros, adornos que lhe emprestavam um aspecto selvagem. "É a verdadeira toca de um urso", disse-lhe sorrindo, e ela aprovou a comparação e repetiu-a mostrando-me a sua dupla fileira de dentes, quase tão perfeitos como as suas sobrancelhas. Como nada tinha para lhes oferecer propus-me assar uma ave que comeríamos à maneira dos caçadores, servindo-nos apenas dos dedos, o que provocou muitos gracejos e fez de novo recair a conversa sobre o inglês meu antecessor, um velho maníaco que falava sozinho em voz alta e que — segundo Eduarda — devia ser católico, pois trazia sempre um livrinho de orações impresso em caracteres negros e vermelhos.

— Talvez fosse irlandês — disse eu.

— Irlandês?

— Se era católico, talvez.

Eduarda corou, desviou seus olhos dos meus e disse em tom seco:

— É possível que o senhor tenha razão.

Observei então que sua confiada alegria se apagava, e senti-me arrependido de a ter contrariado; desejoso de reparar a minha falta acrescentei:

— Ora!... Não faça caso do que eu digo. Sem dúvida é a senhorita que tem razão; tenho a certeza de que era inglês.

Satisfeita na sua vaidade tornou a sorrir, e combinamos que um dia, muito breve, tomaríamos um dos barcos de seu pai para irmos em excursão a qualquer das próximas ilhotas onde secava a pesca. Quando se retiraram acompanhei-os um pedaço, e voltando à minha cabana comecei enfim a remendar minhas redes e aguçar meus anzóis. E enquanto trabalhava lentamente, inumeráveis e inesperados pensamentos me assaltavam. Parecia-me, desde logo, que fizera mal em tê-la deixado sentar na minha cama, em vez de lhe oferecer um lugar no banco. E dentro de mim reapareceu, com ilusória presença, seu rosto trigueiro, seu colo suave, seus dentes, suas sobrancelhas... Lembrei-me que para dar maior encanto ao corpo, segundo a moda, usava o avental

21

demasiado baixo; ao detalhar, na memória, cada um dos seus gestos, quase senti ternura chegando às suas mãos, cheias de covinhas e sempre virginalmente indecisas. E contrastando com esta recordação de pureza, veio-me à lembrança a sua boca larga, vermelha, quase triste de materialismo. Como se as minhas evocações pudessem atraí-la, levantei-me de súbito, abri a porta e pus-me a escutar, mas nada ouvi. Que havia de ouvir em minha obstinada solidão? Tornei a fechar e passeei a largos passos, seguido por Esopo que deixara o seu refúgio ao ver a minha agitação. De repente, tive a idéia de correr atrás de Eduarda e de lhe pedir um pouco de fio para remendar as minhas redes... Para lhe demonstrar que não era um pretexto, poderia mostrar-lhe diversas malhas rotas... Já estava a caminho quando me lembrei de possuir numa caixa muito mais fio do que o necessário para remendar minhas redes cem vezes e lentamente, desconcertado pela verdade, renunciei.

Cerrei as portas, mas um desconhecido eflúvio penetrava não sei por onde em minha cabana, fazendo-me estremecer, suspirar... Toda a noite passei desassossegado e como se não estivesse só.

CAPÍTULO VI

Estando uma tarde à porta da minha cabana, passou um homem e disse-me:

— Então não vai caçar? Há três dias que passo aqui por perto e não ouvi disparar uma só vez.

Não, não tornara a caçar. Não saíra mais desde a visita de Eduarda, e só três dias depois, obrigado pela inteira falta de víveres, me decidi a abandonar aquele ambiente pesado de sonhos. A floresta pareceu-me mais nova, mais verde: por toda a parte cheirava a terra úmida e as árvores reflorescentes. Até dos lodaçais surgiram talos e flores de delicados matizes. Um tanto aturdido por aquele esplendor, fiz um longo caminho, sentei-me a descansar com um leve formigueiro nas faces e tornei a empreender a caminhada.

Sem querer, observei comigo mesmo: "Talvez ao regressar, na orla do bosque, a encontre hoje como naquela vez, com o doutor. Passearão todas as tardes?... Que tem a ver com ela esse médico velho e deselegante?... E que me importa a mim tudo isto? Ora, é preciso pensar em outras coisas..." Matei dois grandes pássaros e amarrei Esopo, dispondo-me a acender lume para preparar o almoço. Comi estendido por terra, sob a grande calma apenas interrompida pelo suave tremor da brisa ou pelo vôo de algum pássaro. De tempos a tempos as ramagens oscilavam em leve balanceio: era o vento que cumpria a sua transcendental missão de transportar o pólen para engendrar as novas florações; e dir-se-ia que o bosque inteiro enlanguescia em fecundo êxtase. Um vermezinho verde escalava, infatigável, uma árvore, seus olhos quase cegos mal lhe serviam, e às vezes erguia-se e tateava no vácuo, temeroso de novos obstáculos, semelhante a um fio verde que costurasse por si só, misteriosamente. Talvez até muito tarde da noite, quando eu já nem me recordasse da sua humilde perseverança, não conseguisse atingir o fim da sua viagem... Na imperturbável serenidade da natureza, meus passos ressoavam como uma espécie de atrevido presente no passado. Devem ser perto das quatro, e às seis empreenderei o regresso à minha cabana com a inconfessada esperança de me encontrar com *alguém*. Ainda me restam duas horas para andar e repousar, e este espaço de tempo, às vezes tão breve, inquieta-me. Sacudo a roupa salpicada de fios de erva e aventuro-me por um caminho onde tudo parece amigável e acolhedor: os ramos, as voltas do caminho, as pedras, tudo permaneceu como estava, durante a minha ausência; as folhas estalam sob os meus passos. E a envolvente calmaria, o próprio sussurro suave que em vez de a perturbar a realça, os detalhes até hoje não observados da paisagem, tudo me afaga a alma como uma carícia, e uma gratidão pura me penetra, como se tudo quisesse fazer-me uma saudação palpável, misturar-se a mim, dizer-me, na sua muda linguagem, palavras muito afetuosas e profundas. Movido por esta ternura que atrai o meu amor para as coisas mais insignificantes, inclino-me e levanto um raminho seco; está quase podre, sua débil casca não pode preservá-lo da morte. E uma sutil piedade escorre em meu coração. Ao prosseguir não o atiro longe, mas torno a inclinar-me para o deixar no mesmo lugar, docemente, como se fosse um ser sensível; e ainda antes de afastar-me torno a fixá-lo com os olhos piedosos, sem compreender que há em mim uma força ingênua, grande e nova, que me dita esta ternura e esta despedida.

São já cinco horas; não sei se o sol ou o desejo me enganaram; durante todo o dia andei em direção oeste, e devo estar com meia hora de diferença, relativamente ao relógio de sol colocado à entrada da minha cabana. Ainda posso caminhar um pouco antes de me dirigir à orla do bosque onde a encontrei aquela vez... Vou a passos lentos, comprazendo-me em ouvir o murmúrio quase vivo das folhas nas árvores e o morto murmúrio que produzem sob os meus pés. O tempo passa lentamente, lentamente.

Ao atingir um barranco, vejo, na baixada o riacho e o moinho que durante todo o inverno jazeram sob a neve. A mó já começou a girar e o seu rumor arranca-me do sonho. Paro bruscamente e digo em voz alta: "Já deve ser tarde, talvez demasiado tarde". E um agudo sofrimento me entristece. Empreendo o regresso a largos passos, e apesar de sentir, com repentina clarividência, que será em vão, chego enfim ao atalho, precedido de Esopo, o qual, como se soubesse quanto era para mim importante não perder tempo, me estimulava passando à minha frente, ofegante, e voltando atrás com a língua de fora. Quando chegamos à orla do bosque, está deserto; não há ninguém... Ninguém. E, no entanto, eu esperava encontrar...

24

Sem pensar bem o que faço, impelido por uma força insensata passo à frente da minha cabana, e sem mesmo deixar meus utensílios de caçador, encaminho-me para o povoado, seguido do cão. O sr. Mack recebeu-me com amável gentileza e convida-me a cear.

CAPÍTULO VII

Talvez seja presunção minha acreditar que possuo o dom de ler na alma dos outros, mas às vezes — sem que isto queira dizer que me suponho uma inteligência excepcional — percebo com clareza os pensamentos alheios. Tem-me acontecido muitas vezes, com mulheres e com homens, adivinhar pelos movimentos de seus olhos ou mesmo pela sua imobilidade, a secreta atividade de suas meditações. Ao sentirem-se observados um leve rubor lhes sobe às faces, e sem conseguirem afastar de mim furtivos olhares inquietos, fingem pôr a vista em outro lugar; tais movimentos que são bem conhecidos, e a intranqüilidade dos observados seria maior se eles pudessem saber que nem uma das suas idéias, nem mesmo dessas que passam em nossa mente como estrelas fugazes, deixa de ter um reflexo em minha compreensão. Talvez o fenômeno não se realize com absoluta exatidão e força, mas a verdade é que há muito tempo noto em mim a faculdade de julgar os outros por alguma coisa mais do que as suas palavras.

Passei o serão na sala do sr. Mack; se bem que nada me interessasse particularmente na reunião e se fosse fazendo tarde para o regresso, dir-se-ia que um obscuro desígnio me forçava a permanecer ali. Após a ceia pusemo-nos a jogar o *whist* e a beber licores. Eu sentia por trás da minha cadeira o ir e vir de Eduarda.

Quando o doutor se despediu o sr. Mack dispôs-se a mostrar-me todas as maravilhas de sua casa, desde as lâmpadas de petróleo — as primeiras deste sistema ali chegadas e que ele acendia pessoalmente para evitar riscos — até ao seu alfinete de diamantes, que, segundo me disse com ênfase, herdara de um avô "Cônsul" e por este fora diretamente recebido nada menos que das mãos de Carlos João. Para me mostrar o retrato de sua esposa, falecida anos antes, levou-me a uma sala contígua onde pude ver, sobre a estante cheia de livros franceses talvez herdados e de modernos livros de ciência que davam crédito à sua erudição, sorrir-nos suavemente a doce fisionomia da morta dentre os enfeites da sua coifa... Os dois empregados do armazém foram convidados a tomar parte no jogo de cartas, e como nele se empenhassem com demasiado interesse, cometeram divertidas faltas. Eduarda, compadecida de um deles, colocou-se a seu favor e proporcionou-lhe quantas vezes podia. Quanto a mim tive a infelicidade de virar um copo, e levantando-me bruscamente para não ser molhado cometi a ingenuidade de exclamar:

— Oh! lá parti o copo!

Eduarda rompeu a rir e disse com mortificante ironia:

— Não é preciso que o diga; logo se vê.

Todos me asseguraram que não valia a pena interromper o jogo por isso, e este continuou depois que uma criada substituiu meu guardanapo por outro seco. Bateram as onze.

Um vago e crescente descontentamento me incomodava desde que ouvira o riso irônico de Eduarda. Olhando-a devagar descobrira agora não possuir seu rosto a graça que lhe atribuíra ao princípio e que toda ela irradiava o quer que fosse de insignificante. Pouco depois, pretextando que seus empregados tinham de levantar-se cedo, o sr. Mack deu fim à partida e, recostado no sofá, anunciou-me o seu propósito de inscrever o nome de sua casa comercial na respectiva fachada consultando-me a respeito da cor mais própria para isso. Eu já começava a aborrecer-me e respondi para dizer alguma coisa:

— Em preto talvez fique bem.

— Justamente, em preto; é o que eu tinha pensado... "Depósito de sal e tonéis vazios", em grandes letras; ficará muito sério... Eduarda, não está na hora de ires dormir? A moça levantou-se e, depois de nos dar a mão, retirou-se. Sozinhos, falamos da estrada de ferro recentemente construída e da primeira linha telegráfica em projeto. "Quanto tempo levaria o telégrafo pra vir beneficiar aquela extrema região do mundo?" Largos silêncios espaçaram durante algum tempo as nossas frases e, de repente, o sr. Mack disse em ar confidencial:

— É como vê. Tendo perto de quarenta e sete anos e a neve que começa a cobrir-me a cabeça penetra-me um pouco no corpo e até na alma... Sim, sim; de dia ainda posso ser tomado por jovem, mas de noite, quando estou só, as minhas reservas de energia fraquejam... Só sirvo já para fazer paciências e a maioria das que me saem bem é à custa de fraudes.

— Então o senhor engana-se a si mesmo?

— Que remédio!

Nesse momento pareceu-me que seus olhos se tornavam transparentes e que eu lia no fundo do seu coração.

Levantou-se, foi até à janela e ficou a olhar o campo. Do lugar em que estava via a curva das suas costas, e pelo decote da camisa o pescoço e o peito peludo. Ao fim de alguns segundos dirigiu-se lentamente para mim, com os polegares nos bolsos do colete, batendo os cotovelos à maneira de asas incompletas, o sorriso nos lábios e os olhos dissimuladores fixos nas biqueiras dos sapatos. Uma vez ao meu lado renovou o seu oferecimento de me emprestar uma barca, e estendeu-me cordialmente a mão:

— Se quiser esperar um momento até que eu apague as lâmpadas, terei o prazer de acompanhá-lo; ainda não é tarde e um pequeno passeio não me faria mal.

Saímos, e indicando-me a vereda que passava pela frente da casa do ferreiro, disse:

— Por aqui é mais perto.

— Não, mais perto é pelo outro caminho.

Mantivemos as nossa opiniões, e como eu estava seguro de ter razão não quis ceder à sua teimosia. Para me convencer propôs que cada um fosse por seu lado, a fim de ver qual chegava primeiro à porta da minha cabana. Partimos, e logo seus passos morreram no bosque. Continuei sem pressa, certo de ganhar diferença de cinco minutos, pelo menos. Ao chegar vi com surpresa que ele já me esperava, e me gritava de longe, triunfalmente:

— Então, vê? Com certeza, a partir de hoje, este passará também a ser o seu caminho.

Cada vez mais surpreendido, entrei a observá-lo; não estava ofegando, e, portanto, não devia ter corrido... Depois de me agradecer por ter-lhe feito companhia no serão, despediu-se, afastando pelo mesmo caminho, enquanto eu ficava pensando: "Será possível que me tenha enganado de um modo tão estúpido? Já percorri os dois caminhos várias vezes e... Ah! a burla deve ser fina, mas há burla!... Como acreditar em quem as faz a si próprio? A menos que tudo isto não seja um pretexto para..."

Quando o sr. Mack desapareceu na espessura fui-o seguindo cautelosamente. Um pouco adiante deteve-se, respirou fundo e enxugou o suor... Já me ficavam dúvidas sobre se ele tinha ou não apressado o passo. Reatou em seguida o andar vagaroso e parou ante a casa do ferreiro, cuja porta se abriu sem ruído para o deixar entrar... A cor da água e da erva indicou-me que devia ser perto de uma hora.

CAPÍTULO VIII

Alguns dias decorreram sem incidentes notáveis, e nunca como neles senti a solidão e a indiferença do vasto silêncio que me rodeava. A primavera reinava já em pleno ardor e inumeráveis folhas novas reverdeciam os prados engalanados com as primeiras florzinhas. A tranqüilidade era tão profunda que às vezes eu tirava do bolso algumas moedas e me punha a entrechocá-las para interromper o silêncio. Os velhos eflúvios da terra emanavam de todas as coisas, e, sem saber porque, imagens lendárias me vinham à lembrança, fazendo-me pensar: "E se Diderico e Iselina me aparecessem agora, caminhando juntos por qualquer destes caminhos?"

As noites tinham-se ido encurtando até desaparecerem; o sol, depois de mergulhar seu disco de fogo no mar, reaparecia imediatamente, doirado e vermelho, como se o banho o tivesse remoçado. Quando chegava este solene momento em que, após a sideral ablução, a Natureza se revestia de novo esplendor, as têmporas latejavam-me e uma multidão de quiméricos pensamentos passava em tropel pela minha cabeça... Afigurava-se-me que o Deus Pan, cavalgando um dos mais grossos troncos do bosque, observava meus gestos com irônica complacência. Parecia-me vê-lo em grotescas atitudes, felinamente enrodilhado, na atitude impossível de ter o ventre aberto e de beber na estranha fonte de seu umbigo. Via-o espiar-me, sorrindo silenciosamente, e quando a minha meditação degenerava numa absoluta ausência de pensamento, bamboleava a árvore que lhe servia de montada para me reconduzir à realidade. O bosque inteiro estremecia em pânica vibração; relinchos de animais, sensuais apelos de pássaros, indubitáveis e incompreensíveis gestos dos seres e das coisas... O lento sussurro dos patos misturava-se ao zumbir das borboletas, e qualquer coisa como um balbucio de ressurreição corria de folha em folha... Quantas vozes misteriosas, profundas e dignas de ser escutadas! Fiquei mais de cinqüenta horas sem dormir, e à maneira de tenaz estribilho, as imagens de Diderico e Iselina voltavam-me a cada passo à lembrança.

É possível que me apareçam, pensava... Iselina conduzirá Diderico para junto de uma árvore, e lhe dirá em voz

29

baixa: "Fica aqui de sentinela enquanto eu vou enganar esse caçador alucinado pedindo-lhe que me aperte os cordões dos "sapatos".

E o caçador seria eu. Com um olhar dos seus olhos fúlgidos me faria compreendê-lo... Meu coração logo a adivinharia, e o seu latejar aumentaria ao vê-la aproximar-se, maravilhosamente nua sob a translúcida gaze, enquanto, descansando em meu ombro a mão carregada de magnetismos, me diria:

— Os cordões dos meus sapatos desataram; queres atarmos, caçador?

Seguir-se-ia um trêmulo silêncio e aproximado-se de mim até fazer-me respirar seu hálito, murmuraria, primeiro insinuante e depois franca e ardente:

— Oh! não importa que não consigas refazer os laços como estavam, meu amor!... Levanta-te e vem ainda para mais perto de mim.

O sol, rolando fatigado e turvo para o poente, desceria sedento até ao mar, para reaparecer depois, satisfeito e lavado. A atmosfera vibraria cheia de murmúrios, de lassidão, de sensual preguiça. Uma hora mais tarde, já com seus lábios doces como a fruta colados aos meus, Iselina me diria sussurrando:

— Não tenho outro remédio senão deixar-te!...

E ao afastar-se, quando já não pudesse ouvir a sua voz, despedir-se-ia com a sua mãozinha acariciadora, afastando-se a passos felizes, como uma estátua de fogo, não direi devorador, mas desse fogo brando e lento que se extingue pouco a pouco. Vendo-a chegar, Diderico a acolheria com palavras de censura:

— Que fizeste Iselina?... Que fizeste? Eu vi tudo daqui.

E ela:

— E então Diderico? Que mal fiz eu?

Partiriam ambos, e durante algum tempo a voz viril não cessaria de repelir com o ciúme sombrio e impotente de quem nada pode contra quem o engana:

— Eu te vi, Iselina, eu te vi!

Ela, pecadora feliz, derramaria pelo bosque a luminosa cascata do seu riso. Para onde iria? Aí, chegaria então a minha vez de ficar triste! Iria em busca de algum outro caçador para renovar o seu pecado! Este sonho durou até à meia-noite. Esopo que conseguiu quebrar a corda, caça sozinho sem compreender o meu desprendimento. Ouço-o farejar e arredar-se. Uma pequena pastora passa, fazendo meia e cantando, olhando em volta com seu olhar desconfiado e lúbrico. "Onde deixaste o teu rebanho, pastora, e que vens fazer aqui à hora do repouso? Nada! Que sei eu e que me importa? Talvez algum agitado sonho te não permitisse descansar, como a mim; talvez recôndita alegria, proveniente da tua juventude e da primavera, e que se não resigna a ficar encerrada numa cela, te leve para o largo bosque, para o mar..." O cão volta ladrando e eu penso que os seus latidos hão de antecipar à camponesa a notícia de que não está só; assim, levanto-me e aproximo-me dela, depois de a contemplar um instante. Esopo olha também seu corpo delicado, quase infantil, e salta em torno, como se, vendo-a tão pequenina, lhe viessem desejos de brincar.

— De onde vens? — pergunto-lhe.

— Do moinho.

Não deve estar falando a verdade; que iria fazer tão tarde ao moinho? Quando acaba de moer os grãos, dedicar-se-á o moinho a moer sonhos e ilusões?... E outra vez a interrogo:

— Como te atreves a vir sozinha à floresta, a estas horas, sendo tão pequena?

— Põe-se a rir e responde:

— Eu não sou assim tão pequena: já tenho dezenove anos.

Pelo menos está aumentando dois... Tempo virá em que fará o contrário.

— Senta-te — digo-lhe; — como te chamas? Obedece, ruborizada, e responde que se chama Henriqueta.

31

— Tens noivo, Henriqueta?... Teu noivo já te beijou alguma vez?

— Sim, respondeu entre risos, com um *sim* atrás do qual se oculta algum pensamento inconfessado.

— Quantas vezes?

Guarda silêncio mas sorri; inclinando-me para ela, insisto:

— Quantas vezes?

— Duas — responde muito baixinho.

Então, acercando-me mais digo-lhe:

— E ele sabia beijar-te?... Beijava-te assim... assim...?

— Sim... assim — murmurava toda trêmula, desfalecida.

O tempo correu um sopro; já são quatro horas.

CAPÍTULO IX

Tive uma larga conversa com Eduarda.

— Não tardará a chover — disse-lhe para começar.

— Que horas são? — tergiversou ela.

Depois de observar o sol, respondo:

— Perto das cinco.

— E o senhor percebe isso claramente no sol?

— Decerto; como se fosse num relógio.

— E quando não há sol, como se arranja para o saber?

— Nunca faltam indícios: as marés, a erva que quase se deita no chão a certas horas, o gorjeio dos passarinhos, as flores que se abrem e fecham, o verde das folhas umas vezes brilhantes e outras embaciado. Além disso possuo o sentido da duração do tempo e...

— Ah! Deveras? — disse-me de um modo não sei se ingênuo ou mal intencionado.

Receoso da chuva e não querendo retê-la mais tempo em plena floresta, longe de casa, esboço um gesto de despedida; ela porém, indiferente às nuvens, enche-me de perguntas, acometida de uma repentina curiosidade sobre as causas da minha afeição à caça, da minha retirada vida na cabana e de cem outras particularidades que nunca suspeitei lhe tivessem chamado a atenção. Respondo-lhe que me limito a matar os animais necessários ao meu sustento, e que meu cachorro se não poderá queixar de trabalho excessivo. Vejo-a então sorrir e perturbar-se; compreendo que as perguntas lhe foram ditadas por alguém e que a franqueza das minhas respostas a desorienta. Esta submissão a uma vontade alheia reanima a primitiva simpatia que me inspirou seu rostozinho de menina meio órfã, e vendo-lhe os braços caídos ao longo do corpo, sem artifício nenhum, lembro-me de que não tem mãe que a guie e enterneço-me sem querer.

— Não — digo-lhe mudando o tom. — Não me move o prazer do extermínio e sim a necessidade de viver, acredite. Se hoje um pássaro me basta para comer, pode ter a certeza de que não darei um segundo tiro. Por que? Quando ouvir minha espingarda, fique certa de que me foi impossível deixar de disparar.

Explico-lhe o prazer puro de viver na floresta, que me dá a ilusão de ser filho da Natureza. A partir de 1º de junho, a caça aos coelhos e lebres e a caça com visco estão proibidas; e para não infringir a lei nem enjoar a carne dos pássaros impróprios, alimento-me de pesca. Agora mesmo — acrescento — estou esperando que seu pai cumpra a promessa de me emprestar uma barca. Já vê que o meu prazer de caçar é quase um pretexto para passar o dia inteiro no bosque. Ah, a senhorita ignora o bem-estar primitivo de se encontrar a gente rodeado pela Natureza, de comer, não rigidamente sentado em uma cadeira, mas deitado por terra, sem mesa, sem receio de entornar o copo e de ver que alguém se ri de nós... Ignora o prazer de passear sem rumo, entre aromas e cheiro de resina, de deitar-se a olhar o céu, de cerrar os olhos e dizer em voz alta, sem medo de passar por doido, tudo quanto o coração dita à boca!... E a todo este prazer da solidão, acrescentar o de não estar absolutamente só: o de sentir a alma do bosque manifestar-se numa flor, num murmúrio, numa brisa... Compreende-me ao menos?

— Sim, sim.

E sentindo que o seu olhar penetrava no meu, como a querer espicaçar minha imaginação, continuo:

— Se soubesse quantas coisas descubro em meus passeios solitários! Pelo inverno distingo na neve as pegadas dos passarinhos, seguindo-as até que bateram as asas, não sem me deixarem, pela direção facilmente decifrável do vôo, indicações sobre o melhor caminho para achar tocas de coelhos e lebres. Não obstante ser tão comum o que acabo de dizer-lhe, oferece, em cada vez um interesse novo... No outono o céu fulge mais durante a noite, e dele se desprendem estrelas que traçam no espaço momentâneos raios de prata; ao vê-las digo para mim: "Será algum mundo em convulsão a cujo desmantelamento assisto, pobre homem solitário perdido em outro mundo que também talvez algum dia se despedace?"... No verão, até nas menores folhas vejo agitarem-se minúsculos animais; uns carecem de asas e permanecem imóveis longas horas; vivem e morrem sobre a mesma folha em que nasceram. Compreende-se esta exemplar maravilha? Inumeráveis bichinhos, prodigiosamente ativos, surgem de todos os lados: insetos desconhecidos, moscas azuis... Mas não a estou aborrecendo? Diga com franqueza.

— Não, não; continue. Compreendo-o muito bem.

— Às vezes divirto-me a contemplar alguma planta durante muito tempo, com a íntima suspeita de que ela me está também observando. Que sabemos nós da extensão da sua vida incontestável, não lhe parece? E quando qualquer pequenina erva estremece, eu penso: "Está palpitando..." Ah, a floresta! Em cada árvore há pelo menos um ramo capaz de fazer sonhar durante muitas horas... E além disso, quando suponho estar mais só e feliz nesse isolamento, encontro alguém numa curva do caminho.

Eduarda, inclinada para mim, ouve com vivo interesse. De repente não me parece a mesma: está quase feia; o lábio inferior, um tanto caído, empresta ao seu rosto uma indefinível estupidez. Nesse instante uma gota de chuva arranca-a da sua imobilidade, quase poderia dizer do seu êxtase.

— Já está chovendo — digo-lhe.

— Com efeito... Adeus!

Deixo-a afastar-se e regresso devagar à minha cabana, sem apressar a marcha mesmo quando a chuva aumenta. Subitamente ouço passos precipitados atrás de mim, volto-me e vejo-a de novo, mas agora tão corada e sorridente que torna parecer-me outra, a da primeira vez.

— Tinha-me esquecido da coisa principal — disse ofegante. — Amanhã fazemos uma excursão à Ilha com o doutor... Pode vir?

— Amanhã? Sim, sim, posso.

— Então contamos com você... Não falte.

E quando se afasta sorrindo, feliz, já não volto o rosto para ver perder-se entre as árvores sua figurinha grácil e rápida, seu busto exíguo, suas pernas carnosas e finas que o vento e a chuva modelam...

CAPÍTULO X

Nunca esquecerei aquele dia de festa em que o verão começou verdadeiramente para mim. O sol que brilhava durante vinte e quatro horas consecutivas, secara o chão, e depois da chuva o ar ficou límpido, fluido. Antes do meio-dia cheguei ao cais; era um meio-dia luminoso, alegre. A água estava calma e da Ilha chegavam-nos as conversas e risadas dos jovens empregados na preparação do pescado. Pouco depois estavam reunidos todos os companheiros da excursão. Duas grandes cestas de provisões prometiam a merenda. Eu sentia-me contente, tão contente que não podia deixar de cantar à meia-voz e tão depressa olhava o mar como as claras blusas das moças.

De onde teriam vindo todas aquelas pequenas? Estavam a filha do governador do distrito e as do médico, com suas preceptoras, a senhora do Pastor e sua irmã. A todas via pela primeira vez, e no entanto trataram-me amavelmente, como a um velho amigo. Meu esquecimento dos costumes citadinos fez-me faltar mais de uma vez às conveniências; tratei as moças por tu, e disse a uma "querida" e a outra "minha querida"; mas tudo me perdoaram e até mesmo tiveram a delicadeza de fingir que não percebiam.

O sr. Mack, que segundo o seu costume levava preso à camisa o alfinete de diamantes, parecia de excelente humor, e gritou aos da outra barca, visto que tivemos de distribuir-nos por duas:

— Cuidado com as garrafas, mocidade louca!... Doutor, responsabilizo-o pelos licores!

— Perfeitamente! — respondeu o doutor.

E as palavras, cruzando-se de uma para outra barca, vibravam com entonações alegres e festivas. Eduarda vestia o mesmo traje da véspera, não sei se por capricho ou por não ter outro. Seus sapatos tinham ainda o barro do passeio até à minha cabana, e suas mãos pareceram-me de duvidosa limpeza; em compensação o chapéu era novo, adornado de plumas, e sob o casaquinho tingido, que tirou para se sentar em cima, vestia a blusa com que a vira em sua casa na noite da reunião. Para agradar ao sr. Mack, disparei ao atracar na Ilha os dois tiros da minha espingarda, e a salva foi acolhida com um "hurra!" respondido pelos trabalhadores. Enquanto o sr. Mack falava com eles, dispersamo-nos à procura de margaridas e de campânulas azuis. O sol brilhava e as aves grasnavam pela praia, adornada de espuma e dourada de luz.

Acomodamo-nos sobre a relva, perto de um maciço esmaltado desses frutos leves e de casca tão frágil que quase os faz parecerem flores. O pai de Eduarda desarrolhou solenemente as garrafas e houve um alegre tumulto: agitar de roupas claras, de olhos azuis, copos entrechocando-se, uma voz que entoa uma canção, vivos e ternos rubores em todas as faces... Meu espírito engolfa-se inteiramente na festa, e até os menores incidentes me parecem interessantes. Uma gaze flutua, presa pelo lado de trás de um chapéu, como se fosse o rastro da moça que o leva; algumas tranças desatam-se há pálpebras descidas pela suave moleza e pelo sorriso... Oh! que delicioso e inolvidável dia!

— Disseram-me que o senhor habita uma cabana digna de Robinson, senhor tenente.

— Sim, um verdadeiro covil que não trocaria pelos mais suntuosos palácios. Venha vê-la um dia, senhorita, vale a pena... Está mesmo à entrada da floresta, como uma sentinela avançada.

Outra pequena disse-me amavelmente:

— É a primeira vez que vem às terras setentrionais?

— Sim; mas já conheço a região como se tivesse nascido aqui. À noite encontro-me frente a frente com as montanhas, com a terra, com o sol, sem me atemorizar com a sua grandeza ou com sua beleza... Oh! não tenha medo, não vou pronunciar um discurso; a única coisa que me ocorre dizer é isto: "Que maravilhoso verão têm aqui!" Chega uma certa noite, enquanto todo o mundo está dormindo, e na manhã seguinte já todos o percebem. Ontem mesmo assomei a uma das minhas janelas — minha cabana tem duas, apesar de tão pequena — e compreendi que já havia chegado.

Outra moça de delicado rosto e adoráveis mãos irrequietas, aproximou-se do grupo e propôs-me:

— Vamos trocar as nossas flores? Dizem que dá sorte.

Atraído pela sua graça primaveril, estendi-lhe as duas mãos dizendo:

— Já me considero feliz só com a sua proposta. Como é linda! Quando vínhamos na barca sua voz pareceu-me uma música.

Surpreendida, contrariada sem dúvida e sem que eu compreenda porque, retrocede e replica-me secamente:

— Mas que aconteceu? Não é com você que eu desejava trocar as flores.

Que desilusão! Envergonhado da minha leviandade tive desejos de desaparecer, de ficar só na minha cabana onde unicamente o vento me fala com a sua voz sempre áspera, atraente e decepcionadora. Todo trêmulo, mal consigo balbuciar:

— Desculpe-me, perdoe-me senhorita... fui muito pouco hábil.

As outras moças afastaram-se, fingindo-se distraídas para não aumentarem a minha confusão; e no mesmo instante uma se precipita para o grupo com estranho ímpeto: é Eduarda. Uma vez ao meu lado, abraça-me, envolve-me num turbilhão de palavras doces e beija-me na boca repetidas vezes. Sem compreender sua atitude, em vão me debato. Seu olhar ardente fascina-me, queima-me, e quando enfim se afasta de mim, vejo que alguma coisa violenta passa por sob a brancura da sua garganta. Perante o círculo atônito permanece alguns instantes em atitude de desafio, e a sua magreza, o seu ar meio de mulher meio de criança colide com o chamejar dos seus olhos. Pela segunda vez o feitiço das sobrancelhas perfeitas me penetra fundamente.

— Que fez, Eduarda? — pergunto-lhe.

Minha voz, velada pela emoção, contrasta com a sua, firme e íntegra, ao responder:

— Fiz o que quis, o que me pedia a alma; todos estão ouvindo. Interessa a alguém?

Sem saber o que faço tiro o boné, aliso o cabelo, e enquanto a olho cada vez com maior espanto, repito num tom que a todos deve parecer idiota:

— Naturalmente que não importa a ninguém... a ninguém.

A voz do sr. Mack chama-nos do outro extremo da Ilha, mas logo compreendo que não pode ter visto a cena. Isto tranqüiliza-me, e desejoso de dar fim ao incidente, enfrento o grupo, e com fingido aprumo, sorrindo, falo assim:

— Todos saberão desculpar minhas inconveniências. O fato de confessá-las mostra que eu mesmo começo a castigar-me... Faltando a todas as boas regras, aproveitei-me do momento em que íamos trocar as flores para ofender Eduarda, a quem rogo perdão diante de todos... Peço que, para me julgarem melhor, se ponham no meu caso; perdi na solidão os costumes sociais, e além disso, como nunca bebo vinho, o de hoje subiu-me à cabeça. Sejam, pois, indulgentes. Enredando-me, lanço à sorte a mentira, mas o riso não vem aos meus lábios. Rebelde à minha intenção, Eduarda não mostra contrariedade nenhuma, nem se dá ao trabalho de desvanecer a desagradável impressão produzida pela sua extravagância, que em vão procuro atribuir-me. Em vez de se afastar de mim procura-me, e quando nos pomos a brincar o jogo da viúva, desejosa de escolher um novo marido diz em voz alta:

— Se eu tiver de ficar, escolho desde já o tenente Glahn; fiquem sabendo que não quero nenhum outro!

Digo-lhe então, bruscamente e em voz baixa:

— Não quererá calar-se de uma vez?

Uma expressão de surpresa ensombra-lhe a fisionomia, a boca contrai-se-lhe dolorosamente, de tal modo que me sinto invadido de pena e toda a sua pessoa recobra para mim a plenitude do seu atrativo. Por aquela dor, por aquela desilusão tão mal dissimulada, não só me agrada outra vez, como a desejo; e estreitando sua mãozinha frágil e pequena, murmuro-lhe ao ouvido:

— Não fique triste... Quando estivermos sós amanhã, não lhe direi que se cale... e falarei também eu.

CAPÍTULO XI

Dormi mal, agitado por sonhos em que predominavam peripécias de caça; num desses momentos em que a alma está no misterioso limite entre a vigília e a inconsciência, pareceu-me sentir Esopo mexer-se no seu canto e grunhir. Como o cachorro entrava nas imagens do meu sonho, não acordei, e ao levantar-me vi, com surpresa, pegadas que iam da minha porta até ao caminho. Saí, e a poucos passos Eduarda veio ao meu encontro, ruborizada e aformoseada pela alegria.

— Ouviu-me esta noite? Tive receio de que ouvisse.

Demorei um instante em relacionar a sua pergunta com os sucessos antecedentes, e em vez de responder, interroguei-a:

— Não dormiu bem?

— Não, nada... Não pude dormir.

Contou-me que passara parte da noite em uma cadeira, de olhos cerrados, presa somente às imagens interiores, e que já muito tarde não resistira à tentação de dar um passeio.

— Esta noite foi de duendes — disse-lhe então. — Certamente um veio até à porta da minha cabana.

Vendo-a trocar de cor tomei-lhe as mãos, e olhando-a profundamente:

— Não terá sido você um desses duendes?

— Sim... — confessou então unindo-se a mim num gesto de humilde e amoroso abandono — É verdade que não o acordei? Andava muito devagar, muito devagar, como se pisasse o seu sono... Quem havia de ser senão eu, não é verdade? Precisava de estar perto de si... Ah, se soubesse quanto, quanto, quanto lhe quero!

CAPÍTULO XII

A partir desse momento víamo-nos todos os dias; e antes de experimentar a doçura de a ver, meu desejo saía ao seu encontro. Já lá vão dois anos e essa recordação ocupa freqüentemente a minha imaginação, pois tudo nessa aventura me agradou e distraiu. Aprazávamo-nos para lugares diferentes: junto ao moinho, em qualquer vereda, na minha própria cabana. Eduarda, dócil, a nada se opunha. Chegava sempre antes da hora, e ao seu alegre "bons-dias" respondia o meu, alegre e comovido também.

— Estás hoje alegre; desde longe que venho ouvindo o teu canto — disse-me uma vez com o fundo dos olhos cheio de clarões.

— Sim, hoje estou contente e sinto crescer no peito um amor indefinível para com todas as coisas... Aqui mesmo, na tua saia, há uma pequena mancha de pó, de lama talvez; pois sinto desejos de a beijar... Deixa-me beijá-la; tudo o que te pertence desperta a minha ternura. Às vezes receio ter perdido, por tua causa,a faculdade de raciocinar... Já não posso dormir como antes.

E era verdade: muitas noites os sonhos de amor impediam a aproximação do sono reparador do corpo e do espírito... Muito juntos, respirando quase o mesmo ar, percorríamos lentamente os caminhos. De vez em quando ela me perguntava:

— Por que não me dizer o que pensas de mim? Sou como tu pensavas e querias? Não me achas demasiado palradora? Dize-me a verdade, toda a verdade. Se visses!... Às vezes parece-me que isto não há de acabar bem.

— Por que?

— Não acabará bem, verás. E o mal será justamente para nós. Ainda que penses ser superstição, às vezes sinto um frio glacial percorrer-me a espinha, sobretudo quando te toco... Há de ser a felicidade.

— A mim basta-me olhar-te para senti-lo... Mas podes ter a certeza de que havemos de acabar muito bem. Queres que te friccione as costas para afugentar esse calafrio de mau augúrio?

Apesar de se esquivar, prendo-a e faço-lhe nas costas uma leve massagem, perguntando-lhe, entre risos, se lhe agrada.

41

— Oh, não! — responde. — A quem agradará esse gênero de carícias? Pareces um urso massagista. Mais devagar... tem a amabilidade de...

Ah, o delicado encanto, sensual e infantil desta frase incompleta: "Tem a amabilidade de..."! Já lá vão dois anos e ainda me parece sentir a vibração suavíssima penetrar-me pelos ouvidos até à alma...

Continuamos o passeio, e receoso de a ter contrariado ponho-me a rebuscar na memória alguma anedota que a distraia. Como estou cheio do seu amor, só imagens de amor me vêm à lembrança.

— Há tempos, numa excursão, certa moça vendo-me tremer de frio, tirou o cachecol e pô-lo ao meu pescoço. Não pude evitá-lo e disse-lhe: — "Amanhã lho devolverei, lavado." — "Tem frio ainda?" perguntou-me — "Não, já passou." — "Então devolva-me o cachecol agora mesmo; desejo conservá-lo tal como você o usou..." Três anos depois encontrei-a e perguntei-lhe por brincadeira: — "Ainda guarda o cachecol?" Ela, muito séria, conduziu-me ao seu armário e mostrou-mo envolto em papel de seda...

— E mais nada?

— Nada mais. Não negarás que é um gesto de delicadeza.

— Extraordinário, sem dúvida... E onde está agora essa moça?

— No estrangeiro.

Calamo-nos e pelo pesado silêncio compreendi que não fizera bem. Quando nos separamos disse-me risonha:

— Passa bem a noite e não tornes a pensar na moça do cachecol; olha que eu só penso em ti.

Havia tal sinceridade na sua expressão que me senti feliz, e ainda depois de me ter despedido tornei a aproximar-me dela para dizer:

— Obrigado, Eduarda. És demasiado boa comigo e asseguro-te que Deus te recompensará por teres aceito o meu amor e por teres-me dado o teu, que tanto bem me faz...

Qualquer outro valeria, certamente, mais do que o meu; mas eu sou tão completamente teu que juro nunca poder ser de outra... Em que pensar? Por que é que os teus olhos se embaciam?

— Não é nada; pareceu-me apenas estranho ouvir-te dizer que Deus me recompensará. Lembra-te de cada coisa... Ah, se soubesses quanto te quero!

E a meio do caminho, num ímpeto comovente, abraça-me e beija-me repetidas vezes, fugindo em seguida. Já sozinho, embrenho-me no bosque, impelido pela necessidade de me isolar na minha alegria. E subitamente, quando mais abstrato estou, imagino ouvir atrás de mim passos furtivos. Volto-me de repente, percorro com os olhos todos os caminhos, e nada... nada!

CAPÍTULO XIII

Noite de verão, mar calmo, silêncio infinito sobre a floresta e o mar; seres e coisas parecem dormir, ou antes, meditar; nenhuma voz, nenhum grito, nenhum passo alteram a tranqüilidade ambiente; só meu coração pulsa com alegre ritmo, como se tivesse bebido algum vinho generoso. Insetos entram pela janela, atraídos pela luz e pelo cheiro do assado, e seu tonto adejar os leva às vigas do teto como à vasilha da pólvora, enchendo-me os ouvidos e comunicando-me a sua irrequietude. São pequeninos, ágeis, buliçosos: dir-se-iam pensamentos fugidos de uma cabeça doida.

Depois de comer, saio à porta a ouvir o silêncio. Miríades de vagalumes espalham no ar uma claridade celeste; as ervas e as flores têm movimentos lentíssimos e quase se percebem viver as coisas mudas; um arbusto floresce, e assim, na noite, é de algum modo maravilhoso o nascimento daquela flor modesta, para a qual vai a minha ternura, quase certa de ser correspondida... Graças, meu Deus, por todas as flores que me foi dado ver no mundo! Não pelas flores ricas e presunçosas dos jardins, mas pelas flores humildes que são o adorno da floresta, por esta pequenina flor violeta, por esta campânula de um azul tão tênue, por estes cravos selvagens que oferecem generosamente o seu perfume, por estas grandes flores, brancas e castas, que agora se abrem no silêncio com um tremor de cálices que me faz pensar que, em paga de meu amor, me permitistes vê-las respirar... Insetos gulosos vão de umas às outras, agitando-as, à maneira de pétalas embriagadas e vivas. Subitamente ouço passos rápidos, um hálito quente me envolve, um alegre "boas-noites", e eis-me de joelhos, beijando, cheio de gratidão, os pequenos pés que me trouxeram a querida imagem, a barra do vestido que a envolve...

— Boas-noites, Eduarda... minha Eduarda!

Assim murmuro uma e outra vez, e ela, convencida pela eloqüência dessa homenagem que não logra exprimir-se em palavras, diz-me:

— Queres-me muito?

— Quero-te mais do que a tudo, mais do que a todos, e meu carinho se transforma continuamente em gratidão... És minha, e serves-me de pedra de toque para comprovar as belezas do mundo. Às vezes, só de pensar em ti, só de pensar que minha boca te beijou, coro de orgulho.

— Mas esta noite parece que me queres ainda mais.

— Tens razão; cada vez te quero mais. Oh, o mágico poder do teu olhar sob os arqueados cílios, a atração da tua pele tão macia, tão doce aos lábios! Amo em ti todas as coisas, Eduarda; és para mim um espelho onde as coisas feias se desvanecem e as outras se aperfeiçoam. Quando estou só, dou graças às árvores, às flores, ao vento, pela tua beleza e pela tua saúde. Qualquer acidente mau e fácil teria feito com que fosses diferente... Uma noite, num baile, vi uma jovem desconhecida permanecer sentada, em silêncio, enquanto todas as outras se abandonavam ao alegre torvelinho da valsa. Seu rosto melancólico impressionou-me e aproximei-me para a convidar; porém ela moveu a cabeça, negando. — "É possível que não lhe agrade dançar?" disse-lhe. — "Veja" — respondeu-me — minha mãe era uma senhora de incomparável beleza e meu pai um homem são; amaram-se apaixonadamente e... eu sou coxa de nascença!"

— Sentemo-nos — diz-me Eduarda.

Sentamo-nos sobre a relva e subitamente exclama:

— Sabes o que me disse de ti uma das minhas amigas? Que possuis uns olhos de fera e que só de olhá-la a fazes corar... que teu olhar parece um contacto.

Uma onda de alegria percorre-me, não por vaidade, mas pela indulgência com que vejo Eduarda contar isso. Que me importam as outras mulheres? Só me importa uma e essa não me diz o efeito que lhe produz o meu olhar... Durante um minuto espero-o em vão e enfim pergunto:

— Pode-se saber quem é essa amiga?

— Não. Contenta-te com sabê-la uma das que foram conosco à Ilha.

Seu rosto escurece e ela muda de conversação.

— Meu pai tenciona ir dentro em pouco à Rússia e eu pretendo organizar um passeio durante a sua ausência. Foste alguma vez às ilhotas? Levaremos, como da vez passada, duas cestas de merenda, e as senhoras do presbítero virão também. Mas hás de prometer não olhar minha amiga, essa a quem agradas; senão, não te convido.

Sem nada mais dizer abraça-me de novo, e afastando-se pouco a pouco fixa-se nos meus olhos, respirando agitadamente. Sua insistência perturba-me, desassossegando-me e eu me levanto; afetando uma voz diferente, digo-lhe:

— Então teu pai vai à Rússia?

— Por que te ergueste tão depressa?

— Porque já é tarde, Eduarda... Olha, essas flores brancas começam a fechar-se; o sol vai romper.

Acompanho-a até ao caminho, e quando me separo prolongo ainda com o olhar a companhia. Antes de desaparecer, volta-se e grita com voz um tanto abafada:

45

— Boa-noite!

Pouco depois a porta da casa do ferreiro abre-se, e um homem de camisa branca e larga, sobre a qual relampejam diamantes, sai cauteloso, olha em torno, puxa o chapéu para os olhos e toma o caminho de Sirilund.

O adeus de Eduarda vibra ainda em meus ouvidos.

CAPÍTULO XIV

A alegria embriaga; sem mais nem menos, à maneira de salvas em honra de mim mesmo, disparo os dois tiros da minha espingarda, e os ecos simultâneos, quase indivisíveis, vão de monte em monte, estendem-se por sobre o mar e arrancam à sua distração um pescador fatigado pela larga e infrutuosa espera. Por que será que estou contente? Para tanto bastou um pensamento, uma recordação, a imagem de um ser humano... Penso nela com os olhos fechados para a ver melhor; contando os minutos que faltam para a ter junto de mim... Debruço-me para beber num regato e para fazer tempo conto cem passos de um lado e cem do outro... "Já é tarde", penso; e de novo, me abandono a idéias que a envolvem, a tocam, e se dela se afastam é para logo voltarem a cingi-la... Já passou um mês, e a despeito dos seus temores nem o menor obstáculo surge em nosso caminho. Bem pouco é, na verdade, um mês, especialmente um mês tão delicioso; mas muito menos é ainda um minuto, um segundo, e durante eles podemos tropeçar com a pedra fatal que origina a queda... Por que não vem ainda? Para abreviar a espera lembro-me de lavar meu boné e pô-lo a secar em um ramo alto... Pronto! Minha medida de cálculo são as noites; algumas houve em que não pôde vir ao bosque, mas nunca, como desta vez, duas noites seguidas. Se das outras vezes nada lhe aconteceu, porque então, esta inquietação? Não terei, ao reavê-la, a sensação de que a minha felicidade alcança o seu apogeu? Neste momento ressoam uns passos, e meu corpo se inclina e meus braços se abrem... Ei-la aqui.

Falamos, falamos como sempre, adequando ao nosso amor todas as imagens como se ele fosse um rio, e as outras coisas do mundo inteiro regatos que viessem engrossar as suas águas.

— Notaste, Eduarda, como o bosque está agitado esta noite? Vagos rumores percorrem as árvores, a relva deitase, eriça-se, estremece; as folhas grandes ondulam com lento tremor; dir-se-ia que alguma intenção oculta germina na selva... Um pássaro canta e a brisa leva sua mensagem de amor. Há duas noites que vem cantar no mesmo sítio, insistente, fiel... Não te agrada ouvir o seu gorgeio?

— Sim. Por que mo perguntas?

— Por nada. É a segunda noite que o ouço cantar deste modo... Compreendo que me esforço por dar a todas as coisas um sentido, mas não te preocupes; não é de nada disso que quero falar-te... Obrigado por teres vindo hoje, minha Eduarda! Ter-te-ia esperado toda a noite, e amanhã também, feliz quase inteiramente só com a esperança de ver-te.

— Também a mim me custa esperar, e para veres como penso em ti em todas as horas, olha os pedacinhos do copo que quebraste na primeira noite em que foste a minha casa. Lembras-te? Ontem à noite meu pai foi-se embora e por isso não pude vir; já vês que tive motivo. Enquanto lhe arrumava as maletas pensava que estarias esperando, e quase chorava; ao mesmo tempo sentia-me contente por saber que estavas aqui sozinho, pensando em mim.

Suas desculpas justificavam perfeitamente a última noite; mas, e a anterior? Dessa nada me dizia, e um secreto instinto me fazia procurar a verdade não em suas palavras, mas em seus olhos, que estavam sombrios e sem o prazenteiro brilho de antes.

Passou uma hora. O pássaro deixou de cantar e o bosque ficou inanimado. Passou uma vaga de frio e ela apertou-se contra mim; seu corpo estava flácido, trêmulo. Não,

não; sentindo-a perto nada podia perturbar minha felicidade! Eram pérfidas as imagens que me torturavam. Ao despedirmo-nos, tendo suas mãos entre as minhas, perguntei com ansiosa timidez:

— Até amanhã?

— Não, amanhã não.

Senti-me tomado por uma tristeza tão grande que nem me atrevi a investigar o motivo; mas ela disse-me, rindo:

— Amanhã terá lugar o passeio combinado. Tencionava surpreender-te com um convite escrito, mas ficaste com uma cara tão triste que não tive coragem de te deixar assim.

Meu coração retorna ao seu bater apressado. Quão poucas palavras bastaram para o descarregar de tão grande peso! Eduarda afasta-se a breves passos, despedindo-se com inclinações de cabeças. Sem me mover do lugar, pergunto-lhe:

— Há quanto tempo recolheste os pedaços do copo?

— Como, quanto tempo?

— Sim, há uma semana, duas?

— Talvez duas, sim... Mas não, não tornes a ficar triste; vou dizer-te a verdade; foi ontem.

— Ah, ontem!... Ontem ainda pensava em mim. Como sou feliz!

CAPÍTULO XV

As duas embarcações esperam inquietas, no porto, e partem quando as enchemos. Durante a viagem canta-se e fala-se; as ilhotas estão à frente da costa, para além da Ilha, e a viagem é longa. O doutor, vestido de claro como as senhoras, está falador como nunca e intromete-se nas conversas das mulheres em vez de as ouvir em silêncio, como fazem os outros. Seu palrar é tão incessante que me vem a suspeita de não ter ele esperado a hora da merenda para beber. Ao desembarcarmos pronuncia uma espécie de discurso, e, vendo-o interrogar Eduarda com os olhos, penso: "Naturalmente ela designou-o para substituir seu pai nas funções de anfitrião." Extremamente amável com as senhoras, afetuoso e quase paternal com Eduarda, sem abdicar de um certo pedantismo que já notara nele, foi o verdadeiro senhor da festa. Sua mania autoritária ressalta às vezes em detalhes pueris; Eduarda diz, por exemplo: "Eu nasci no ano de 38", e ele corrige logo, muito sério: "No ano de 1838". Nas poucas vezes em que falo, ouve-me atentamente, sem manifestar a menor distração.

Uma das moças que vieram na outra barca aproxima-se para me cumprimentar e eu não a reconheço imediatamente. É uma das filhas do superintendente, aquela que eu, na excursão anterior, convidara a visitar minha cabana; nossa palestra desta vez é mais longa e cordial. Porém, de maneira geral não me divirto. Bebendo com cautela, indo de um grupo a outro, sem cometer desta vez deslizes graves, sinto que falta alguma coisa, e talvez mais para evocá-la do que por ignorância da arte de responder às amabilidades, começo a falar com a selvática incoerência daquela tarde; vendo que me não dão atenção aborreço-me e silencio.

Perante a imensa pedra que nos serve de mesa o doutor fala com pretensa eloqüência, abrindo os braços em gestos ridículos, que em todo o caso a ninguém fazem rir.

— Ah! a alma! E que é a alma? — pergunta.

A filha do superintendente acusou-o de livre-pensador e isto solta-lhe a língua: "Não tem cada um o direito de pensar livremente? Imaginamos o inferno como uma morada subterrânea e o diabo como uma espécie de chefe de Seção; e no entanto o diabo é também Majestade." Falando do retábulo existente sobre o altar da igreja, diz: "Representa Cristo, alguns hebreus de ambos o sexos, uma fonte de água transformada em fonte de vinho... Bem. O Cristo diferencia-se dos outros pela auréola. Sabem os presentes a verdadeira significação da palavra auréola? Naturalmente não julgarão que é simplesmente disco dourado".

E como duas senhoras juntam as mãos num escandalizamento místico, sai da dificuldade:

— O que acabo de dizer é horrível, não? Reconheço-o; mas basta dizê-lo sete ou oito vezes consecutivas, compenetradamente, para que pareça menos extraordinário. Enfim, permitam-me senhoras e senhores, que beba à saúde de todos.

Ajoelhado na relva, em frente às duas devotas, levantou o chapéu com a mão esquerda e esvaziou o copo de um sorvo. Contra a minha vontade sua elegância cativa-me, e até penso em propor-lhe que toquemos os copos; porém no seu já nada resta.

Eduarda não o perde de vista. Despeitado e esperançado ainda, aproximo-me dela e digo-lhe muito baixo:

— Não brincaremos hoje a viuvinha que escolhe o marido?

Ela estremece e levantando-se murmura:

— Toma cuidado em não me tratares aqui por tu.

Esta advertência é injusta pois não a tratei por tu; afasto-me do grupo e começo a notar que o tempo caminha devagar. Se tivesse uma barca à minha disposição, regressaria só... Talvez Esopo esteja neste instante pensando no descaso de seu dono. Quanto a Eduarda, certamente não pensa em mim, pois fala do prazer que teria em viajar, em conhecer outros países. A cor das suas faces diz bem claro o seu entusiasmo e até a sua voz adquire um tom rápido, o tom de quem está impaciente por partir.

— Ninguém será mais ditoso do que eu no dia em que...

— Ditosa — emenda o doutor.

— Que quer dizer?

— Que se tratando de uma mulher se diz ditosa.

— Sim?... Não compreendo!

— A senhorita disse "mais ditoso do que eu".

— Bem; a questão é que por nada trocaria o momento de partir para uma longa viagem. Às vezes sinto saudade de não sei que paisagens!

50

Ah, quer viajar, não se lembra de mim; leio o esquecimento em seu rosto! Nada posso fazer mas fica-me o triste consolo de dizer que nunca li uma página mais triste! Os minutos passam com angustiosa lentidão, e enfim proponho o regresso, sob o pretexto de que deixei Esopo sem comida e amarrado; mas a minha proposta não encontra apoio, pois ninguém cuida ainda de regressar.

Pela terceira vez dirijo-me à filha do superintendente, certo já de que fora ela quem achara feroz e perturbador o meu olhar, e tocamos os copos. Seus olhos inquietos, fascinados, não se afastam de mim.

— Não é de opinião, senhorita, que as pessoas daqui são comparáveis a estes verões, tão fugazes como feiticeiros? Falo propositadamente em alta voz e propositadamente também insisto para que visite minha cabana.

— Deus a abençoará por essa boa hora; procurarei recebê-la como merece e dar-lhe-ei como lembrança um presente que lhe agrade.

E mal acabo de falar penso que, se vier, nada lhe poderei oferecer, a não ser que queira levar o pote onde guardo a pólvora. Eduarda, sem mesmo voltar a cabeça, deixa-me falar; não obstante parecer atenta à conversação geral, na qual toma parte, tenho a certeza de que me ouve. O doutor fez-se adivinho e lê a boa sorte das moças, uma das quais termina por lhe pegar uma das mãos, também feminis e adornadas de jóias, predizendo-lhe não sei que confusos sucessos. Sentindo-me abandonado, afasto-me e deixo-me cair sobre uma pedra. O dia finda.

A única que poderia tirar-me deste isolamento — penso — não se preocupa comigo... Ora, afinal que me importa?... Este "que me importa" é uma fanfarronada; a sensação de abandono domina-me, humilha-me, e nas conversações as palavras mais inocentes parecem ditas contra mim. Eduarda ri, e ao ouvi-la rir alguma coisa imperiosa me faz levantar e ir para o grupo; quando chego, sem saber o que dizer e sem poder calar-me, começo a falar excitadamente, à maneira leviana do homem inseguro:

51

— Talvez gostem de ver minha caixa de entomólogo. Ei-la aqui, examinem-na à vontade porque há nela coisas muitos curiosas. Reparem nestas moscas vermelhas e nestas amarelas.

Com uma das mãos estendo a caixa, que ninguém pega, e com a outra seguro o boné; mas vendo que todos estão cobertos, torno a pô-lo de novo. Quebrando o silêncio embaraçoso, o doutor diz;

— Empreste aqui; é curioso ver como as fazem.

— Eu mesmo a fiz — digo em tom humilde, cheio de gratidão.

Em seguida ponho-me a explicar o meu processo, que é o mais elementar: "Compro penas e as vou pregando no exterior da caixa... Naturalmente que nas lojas se encontram caixas muito mais lindas".

Eduarda lança à minha obra e a mim um olhar distraído, sem interromper sua conversa.

— Com lindos materiais não há obra feia — assegura o doutor. — As penas são tão lindas!...

— As verdes em particular — diz inesperadamente Eduarda. — Deixe-me vê-las de perto, doutor.

— Fique com elas... Sim, peço-lho. É um verdadeiro favor que me faz. Fique com elas como recordação deste dia.

Eduarda olha-as com muita atenção, e sem responder logo, observa:

— Não se sabe se são verdes ou roxas, depende da maneira de as olharmos... Visto que tem interesse em oferecer-mas, aceito.

— Decerto que sim.

Desprega lentamente as penas e o doutor devolve-me a caixa que, apesar de ter ficado desguarnecida, me parece mais bela. Erguemo-nos e o doutor assevera que já é hora de pensar no regresso. Uma vaga de cordialidade sobe-me à garganta e digo:

— Vamos embora, por Deus; lembrem-se de que meu pobre cão, o meu melhor amigo está amarrado, e que quando me vir levantará as patas sobre o peitoril da janela para me saudar... Visto que o dia foi magnífico e a noite começa a tombar, vamo-nos... E obrigado a todos.

No lugar de embarque fico-me entre os últimos para poder ver em que barca sobe Eduarda e tomar a outra; mas quando menos o espero ouço-a chamar-me, e com o rosto corado estender-me a mão e dizer:

— Obrigadíssima pelas penas. Seguimos na mesma barca, não?

— Se assim o quer.

Sentamo-nos juntos, e seu joelho toca o meu; porém, muito mais do que este contacto conforta-me o olhar que de tempos a tempos me procura e envolve. Num instante indenizo-me com juro das vicissitudes daquele dia, no qual, para não me ser de todo propício, a vejo voltar-me subitamente as costas, com seu último olhar, e pôr-se a falar com o doutor, que vai de timoneiro. Durante um imenso quarto de hora não existo para ela, e o injusto abandono leva-me a cometer um ato absurdo: vendo cair-lhe um dos sapatos inclino-me rapidamente, e apanhando-o, atiro-o à água... Que se ocupe de mim ao menos um instante, não importa em virtude de que! É coisa de segundos, na qual para nada entra a reflexão. Vendo o meu gesto, as mulheres gritam e eu mesmo fico estupefato, como se a tolice fosse cometida por outro; mas já é tarde; o sapatinho flutua longe e o doutor grita:

— Remai mais depressa, mais depressa...

Dirige o bote com tal perícia que um dos remadores pode alcançar a preciosidade no instante mesmo em que se afundava. Quando a ergueu com o braço molhado, rebentou nas duas barcas um "hurra!" que me deu a sensação da derrota e do ridículo. Sem permitir que lhe limpasse o sapato com meu lenço, Eduarda arrebatou-mo silenciosamente, dizendo:

— Nunca vi coisa semelhante!

— Na verdade? — respondo, tentando sem resultado assumir um ar irônico, como se alguma intenção profunda tivesse determinado o gesto incompreensível.

Mas como convencer disso os outros? Pela primeira vez o doutor me olha de lado, com desdém, e não posso enfrentar-lhe o olhar... Quando os botes se aproximam do porto, o mal-estar geral dissipa-se. Alguns cantos elevam-se sobre os reflexos do mar. Eduarda diz então:

— Visto que não bebemos todo o vinho e é preciso acabá-lo, organizaremos imediatamente uma festa, um baile em minha casa, por exemplo... Apoiado?

— Apoiado!

Desembarcando, procuro desculpar-me.

— Estou impaciente por chegar a casa. Permita que me retire já... o dia foi para mim demasiado cruel.

— Tem a certeza, senhor tenente, de que foi demasiado?

— De qualquer modo, posso assegurar que roubei parte da sua alegria, sem a ter encontrado para mim... Por fim ainda atirei seu sapato à água e...

— O que não deixou de ser uma idéia.

— Ainda bem que lhe chama uma idéia... Desculpe-me!

CAPÍTULO XVI

Depois disto, que mais poderia acontecer-me de mal? Uma vez que não era minha a culpa deste princípio de desentendimento, resolvi não desesperar. Talvez tudo tivesse origem na minha incapacidade de compreender essa gente do norte, tão depressa clara como nevoenta; gente enigmática, de pensamentos obscuros, não obstante o sol iluminala dia e noite... Que visões perseguem seus olhos azuis e distantes? Que quimeras se erguem nas suas cabeças? Uma só pessoa me interessava e nela pareciam condensar-se os enigmas de todos. Mecanicamente, sem que o espírito tomasse nisso parte alguma, continuei a viver; preparei minhas redes, engraxei a espingarda para a pendurar já que os grandes pássaros tinham desaparecido, e durante largas horas permaneci acordado em minha cabana, na expectativa de que se aproximassem uns passos... que chegaram enfim.

— Eduarda! Há quatro dias que não a vejo...

— Conta muito bem; mas tenho tido tanto que fazer!... Venha a minha casa e verá.

Em sua casa levou-me ao salão principal, de cujo centro desaparecera a mesa; as cadeiras, alinhadas junto às paredes, indicavam o desejo de conseguir o maior espaço possível; tudo mudou de lugar e, tanto a lâmpada como as portas, aparecem enfeitadas com grinaldas e bandeirolas de cor. O piano está a um canto... Evidentemente são os preparativos para o baile.

— Como acha tudo isto? — pergunta-me.

— Estranho, é claro... mas muito bem.

Saímos da sala, e num corredor, com voz sumida, interrogo:

— Esqueceste-me de todo, Eduarda?

— Não o compreendo... Não viu o que tive de fazer nestes quatro dias? Como poderia ir vê-lo?

— Com efeito, não lhe ficava tempo para ir.

Fatigado pela falta de sono e enervado pela febril inconformidade de tanto dias de espera, não pude conter-me e só me vieram à boca palavras inoportunas.

— Não discuto se pode ou não vir; o que afirmo é que há entre nós alguma coisa, uma mudança, uma causa. Se eu pudesse ler nessa cabeça, de cujo mistério só agora me apercebo!...

— Mas se lhe digo que não o esqueci — respondeu toda ruborizada, apegando-se ao meu braço para me convencer.

— Pode ser que não me tenha esquecido. Talvez não saiba o que digo.

— Amanhã receberá o convite e dançaremos juntos... Não fique assim. Verá como dançaremos bem.

— Quer acompanhar-me então até à encruzilhada dos atalhos?

— Agora? Não, não posso. Dentro de um minuto chega o doutor para ajudar-me a dar o último toque na sala... Não achas que fica bem?

Um carro detem-se à porta e não posso conter a irônica pergunta:

— O doutor vem de carro?

— Sim, mandei-lhe um cavalo para...

— Para que se não ressinta da sua manqueira com tanto ir e vir. Está muito bem. Deixe-me sair... Como está doutor? Sempre o mesmo, prazer em vê-lo. Bom de saúde? Bem, com licença, tenho de ir embora...

Já fora volto-me e vejo Eduarda afastando as cortinas para me ver, e observo que em seu rosto há uma sombra pensativa; isto comunica-me logo uma alegria ridícula, imensa. Toda a minha lassidão desaparece e afasto-me a passos rápidos, os olhos baixos, esgrimindo a espingarda no transcurso do solilóquio, como se fosse uma vara: "Ah! que ela seja minha e tornarei a ser o homem de dantes!... Que seja minha, e ainda que tenha os mais extraordinários caprichos farei o possível e o impossível para os satisfazer!... Beijarei seu vestido, como naquela noite, e seus pezinhos, e o chão que pisar!" E atirando-me ao chão beijo a erva úmida, como se ela já fosse minha e para me experimentar me tivesse dito: "Beija-a!".

Nesse momento estava quase seguro de a possuir, e atribuía a desconhecidas particularidades de caráter as mudanças que tanto efeito me tinham causado. Se viera à janela para me ver não estava tudo claro? Podia, porventura, fazer outra coisa? E era tanta a alegria, que me esqueci de que, momento antes, tinha uma fome atroz. Esopo ladrou de repente, e junto à minha cabana, vi uma mulher coberta com um pano branco. Era Eva, a filha do ferreiro.

— Bons-dias, Eva! — gritei-lhe de longe.

Tem o rosto vermelho e, um tanto inclinada, chupa um dos dedos com ar dolorido.

— Que aconteceu? Magoaste-te?

— Esopo mordeu-me — respondeu baixando os olhos pudicamente.

Não pode ser verdade, pois o cachorro não se afastou de mim. Vendo a mordida percebo que é dela mesma, e uma suspeita me vem pela primeira vez ao pensamento.

— Há muito tempo que me esperavas?

Sem outras palavras pego-a pela mão, empurro-a para dentro e fecho a porta.

CAPÍTULO XVII

Resolvera não assistir ao baile, mas ao regressar da caça fui tomado pelo imperativo desejo de ir, e, ao ver que vestira de manhã meu melhor traje de peles, compreendi que a intenção estava firme na minha vontade. Já antes de chegar a Sirilund se ouvia o rumor da festa. Quando entrei elevaram-se gritos: "Aqui está o caçador", "Já cá temos o tenente!", e moços e moças me rodearam desejosos de ver, como se fosse um espetáculo novo, as duas aves marinhas que caçara e o montão de peixes prateados que brilhavam na rede. Eduarda aproximou-se também, sorridente, e deu-me as boasvindas. Logo notei que estava cansada de tanto dançar.

— Também venho para dançar — disse eu.

— Pois seja comigo a primeira contradança.

Rodopiamos rápidos, com uma espécie de doloroso prazer, como se se tratasse de um combate. A cabeça andavame às voltas e a preocupação de não cair nem tropeçar em qualquer coisa juntou-se à das minhas botas que arranhavam o chão havia pouco encerado. Quando a música findou resolvi não tornar a dançar, felicitando-me por não ter dado, no meu primeiro intento, mais do que leves tropeções.

Os dois empregados do sr. Mack e o doutor dançavam sem descanso. Estavam também quatro ou cinco outros rapazes: o filho do Pastor, o do superintendente e um viajante de passagem por Sirilund, que de vez em quando cantarolava com formosa voz de barítono melodias populares, e substituía as moças no piano. Mal recordo estes detalhes do princípio da festa, mas os últimos momentos estão-me gravados na memória. A luz avermelhada do sol noturno entrava pelas janelas, de uma das quais podia ver as aves marinhas dormindo sobre os rochedos. Várias vezes nos foram servidos vinhos e doces. Na sala havia um tumulto de vozes, dominado de quando em vez pela clara gargalhada de Eduarda, que nem sequer me dirigia a palavra. Desejoso de a felicitar pelo êxito da reunião, aproximei-me dela e notei que trazia um vestido negro — talvez o vestido da confirmação que lhe ficara curto — e que, no entanto, lhe assentava maravilhosamente. Quando me vi a seu lado, disse-lhe:

— Que bem lhe fica esse vestido, Eduarda.

Fingindo não me ouvir levantou-se e abraçando pela cintura uma de suas amigas, afastou-se. O mesmo fez de outras vezes em que tentei aproximar-me. Eu pensava: "Se isto lhe sai do coração, porque fez outro dia cara triste quando me retirei? Enfim, ela o saberá".

Certa moça convida-me para dançar, e como Eduarda está perto respondo em voz alta:

— Não, obrigado, vou-me embora.

— Vai embora? Proíbo-lho! — interrompe ela cravando-me o seu olhar inquiridor.

Mordo os lábios antes de responder, e com o rosto duro dirijo-me para a porta.

— O que acaba de dizer é excessivo, senhorita... Há pessoas às quais basta proibir-lhes alguma coisa para que o façam.

O doutor interpõe-se entre a porta e eu, Eduarda esclarece e ameniza então a sua frase:

— Não tomes as minhas palavras ao pé da letra: quis apenas significar-lhe o desejo de o ver retirar-se em último lugar; e como ainda é apenas uma hora... Ah! — acrescenta com os olhos fulgurantes — tenho de censurar-lhe a sua exagerada generosidade. Saibam que deu uma nota de cinco escudos ao remador que pescou o meu sapato naquela tarde... Parece-me uma recompensa excessiva.

58

E desata sua luminosa risada, enquanto eu fico confuso, de boca aberta, talez mais desconcertado que furioso.

— Senhores — digo ao conseguir restabelecer-me do espanto — trata-se de uma pilhéria de Eduarda; ela bem sabe que não dei cinco escudos ao marinheiro.

— Deveras?

Vai à porta da cozinha e chama o marinheiro que não tarda a aparecer.

— Jacob! Lembras-te do nosso passeio às ilhotas, na tarde em que pescaste o meu sapato?

— Lembro — respondeu ele.

— Recebeste ou não cinco escudos de gratificação?

— Recebi; a senhora mos deu.

— Está bem, podes ir.

Que significa esta nova farsa? Quererá humilhar-me? Pois não há de consegui-lo assim... Recobrando toda a serenidade, digo-lhe em voz alta bem devagar:

— Trata-se de um erro ou de uma mentira, pois nem mesmo tive a idéia de gratificar com cinco escudos um serviço tão insignificante. Deveria talvez ter pensado nisso, mas não quero engalanar-me com penas alheias.

— Não fique assim. Vamos dançar... dançar.

Obstinado em exigir uma explicação, fiquei a observá-la até que a vi passar a um dos aposentos contíguos, no qual estava posta a mesa dos doces e licores. A fim de chamar a sua atenção exclamei:

— À sua saúde, Eduarda. Toque!

— Meu copo está vazio — respondeu num tom áspero.

Havia um copo inteiramente cheio junto dela.

— Esse não é o seu?

— Não. Não sei de quem é.

— Desculpe então... Esperarei pela sua dona, para brindar.

Tentou fugir-me e pôr-se a falar com outro, mas eu peguei-a por um braço e disse-lhe em voz baixa e irritada:

— A senhorita deve-me uma explicação.

Então, juntando ambas as mãos e tomando uma atitude de inesperada humildade, respondeu:

— Devo sim; mas não ma peça hoje.... Estou tão triste!... Por que me olha desse modo?... Dantes éramos tão bons amigos!

Completamente desarmado, dou meia-volta e regresso à sala. Pouco depois Eduarda vem colocar-se junto ao piano, com o rosto mudado, como se sobre ele estivesse estendido um véu de tristeza; e enquanto a música tocada pelo viajante enche melancolicamente o salão, murmura-me com os seus olhos nos meus:

— Como desejaria tocar piano!... Feliz de quem pode exprimir o que sente por meio da música!

Meu coração não precisa de mais; e como a visse caída e ferida, meus gestos tornam-se carinhosos e minha voz torna-se doce:

— Vê-la assim é para mim o maior dos sofrimentos... Diga-me o que tem. Por que essa repentina tristeza, Eduarda?

— O pior é que não posso dizer por que: por nada e por tudo. Gostaria que o mundo acabasse, que todos me abandonassem!... Menos o senhor!... Não esqueça que deve ser o último a retirar-se esta noite.

Tais palavras provocam em mim um renascimento qualquer; pela primeira vez, desde a minha chegada, compartilho a alegria do sol que tudo avermelha. A filha do superintendente aproxima-se e escassamente obtém de mim respostas lacônicas; a lembrança do que ela disse a Eduarda acerca dos meus olhos, leva-me a não a olhar de frente. Provavelmente para iludir minha desatenção, põe-se a contar que certa vez, durante uma viagem, em Riga, um homem a seguiu muito tempo, de rua em rua. Encolhi os ombros, e supondo agradar a Eduarda murmurei alto bastante para ser ouvido:

— Estaria cego?

Ofendida pela minha grosseria, a moça replicou:

60

— Sem dúvida, visto que seguia uma mulher tão velha e feia.

Eduarda não parece agradecer minha conduta e para o provar chama a minha vítima; depois de lhe segredar alguma coisa, afastam-se as duas, sorridentes. A partir deste momento todos me deixam só, ruminando impressões contraditórias... Uma hora decorre assim; os pássaros marinhos acordam no rochedo e sua algazarra entra pelas janelas, trazendo-me a nostalgia da solidão franca da Natureza, livre da hipócrita e hostil companhia dos meus semelhantes. O doutor readquiriu aquele bom humor da excursão, e tornou-se o centro de um numeroso grupo que o estimula e aplaude. Pela primeira vez penso, olhando com indulgência sua perna torcida e seu débil corpo: "Será meu rival?"; e aproximo-me para ouvir. Descobriu uma espécie de interjeição correta: "Morte é condenação!" que supõe o que há de mais distinto, e cada vez que a pronuncia um alegre rumor, para o qual contribuo, o cerca. Em meu desespero nada me lembra de melhor do que esforçar-me para dar realce ao seu e a cada frase sua aplaudo e digo sem nenhuma ironia:

— Silêncio, ouçamos o doutor.

— Adoro este vale de lágrimas — discursa ele — e não partirei senão quando daqui me arrancarem à viva força. Ainda depois de morto espero que as potências divinas me dêem um lugarzinho, situado precisamente em cima de Paris ou de Londres, para que chegue até mim o murmúrio das grandes metrópoles.

Lanço um formidável "Bravo!" e rompo numa gargalhada tão estridente que todos me olham surpreendidos. Todavia não bebi nada; a bebedeira não é de álcool e o riso cessa bruscamente quando percebo que nem sequer pude arrancar Eduarda à sua abstração; ela ouve o orador enlevada e em êxtase.

Iniciam-se as despedidas e escondo-me na sala contígua até que todos se retiram; o doutor é o último a despedir-se;

pouco depois aparece Eduarda que ao ver-me dissimula sua surpresa e me diz sem deixar de sorrir:

— Ah! é o senhor!... Obrigado por ter ficado por último... Estou horrivelmente cansada!

Vendo que ela se não senta, levanto-me.

— Precisa de repousar. Verá como a sua tristeza desaparece. Se soubesse a pena que me dá vê-la sofrer!

— Quando tiver dormido estarei boa.

Não tendo mais nada para lhe dizer, dirijo-me para a saída e estendo-lhe a mão.

— Obrigada por ter vindo — diz-me.

— Não venha até à porta, não vale a pena.

Pacientemente espera no vestíbulo que eu encontre o boné, a espingarda e o alforge. Procurando-os noto que a bengala do doutor ainda ali está, e olho Eduarda que se ruboriza: sua perturbação demonstra ignorância do fato. Enfim, após um minuto de silêncio, diz com voz colérica:

— Não vá deixar a bengala... Vamos que é tarde.

E estende-ma como se não soubesse a quem pertence. Decido não consentir no novo embuste, pego na bengala, e tornando a colocá-la onde estava acrescento:

— Já tive ocasião de lhe dizer que não gosto de enfeitar-me com o que me não pertence; essa magnífica bengala é do doutor e não compreendo como pôde prescindir dela com a sua manqueira.

Sem dúvida atingi-lhe o ponto nevrálgico, porque enrubesce e quase me grita:

— Quer fazer o favor de não se referir mais à sua manqueira?... O senhor naturalmente nunca será coxo; mas coxo ou não, jamais poderá comparar-se com ele... Ouviu?

Não achando resposta adequada, retrocedo, ganho a porta, e quase sem o perceber encontro-me na rua. Já em caminho mil pensamentos me torturam: "Então ele deixou a bengala?" Se esperasse um pouco vê-lo-ia voltar contente, convencido de que bastava um estratagema tão tolo "para que eu não fosse o último a vê-la naquela noite". Avanço a passos lentos até à orla do bosque, olhando para todos os lados, e meia hora depois minha esperança justifica-se: o doutor vem por um dos atalhos, e vendo-me dirige-se a mim. Desejoso de saber em que tom há de estabelecer-se o diálogo, tiro o boné e ele responde tirando o chapéu. Então, com brusca raiva, digo-lhe:

— Descobri-me porque faz calor e não para o cumprimentar.

Retrocede um passo e pergunta:

— Então não me cumprimenta?

— Não.

Segue-se um silêncio no qual o vejo empalidecer; encolhendo afinal os ombros, diz:

— Pouco me interessa o seu cumprimento... Vou buscar minha bengala que esqueci. Boas-noites.

Nada posso objetar-lhe, e talvez por isso minha cólera é mais seca, mais feroz e me dita uma vingança absurda. Pondo a espingarda em terra, como fazem os domadores nos circos, grito-lhe, como se fosse um cão:

— Vamos, toca a saltar!

E sibilo com a língua para o incitar. Evidentemente luta consigo próprio, pois seu rosto muda várias vezes de expressão e termina por morder os lábios e olhar o chão. Subitamente ergue-os até fixá-los nos meus e pergunta-me com falso sorriso:

— Quer explicar-me a que propósito vem essa farsa?

Não respondo, mas seu olhar e sua pergunta perturbamme. Ele deve tê-lo compreendido, porque, com ar indulgente, estende-me a mão em sinal de paz.

— Então, que se passa com você? Mais vale contar-me as suas tristezas e talvez...

Esta simples fenda aberta à esperança vence-me, domina-me, e impelido pelo desejo de reparar meus erros, seguro-o pelo braço e digo quase comovido:

— Perdoe-me, não tenho nada... nada! Mas agradeço sua boa intenção. Suponho que o senhor vai à casa de Eduarda, não? Pois apresse-se, porque quando eu saí já se ia deitar. Estava tão cansada! Vá, vá depressa.

E sem me despedir, largo a correr e embrenho-me no bosque.

Entrando em minha cabana, sento-me na cama sem me desembaraçar do bornal e da espingarda, estonteado por mil pensamentos em conflito... "Por que cometi quase a estupidez de me confessar ao doutor?" "Por que fui tão covarde a ponto de lhe tomar o braço e de o olhar enternecidamente?" "Decerto, a esta hora estará com Eduarda, rindo-se de mim". "O episódio da bengala foi combinado, entre ambos". "Nem mesmo se eu fosse coxo poderia comparar-me com ele". Ah, estas palavras, estas palavras!...

Uma decisão sombria me ocorre e eis-me já no meio da casa. É coisa de um segundo: carrego a arma, apóio os canos sobre um pé e puxo o gatilho... Os grãos de chumbo dilaceram a bota, a pele, e penetram no chão. Esopo exprime seu terror com um curto ganido e excita-se com as acres exalações do fumo. A dor obriga-me a sentar e quase não compreendo o que fiz. Pouco depois batem à porta e o doutor entra.

— Desculpe-me de o vir incomodar, mas separou-se de mim tão bruscamente que pensei em vir conversar um pouco com você; talvez essa conversa seja útil para as nossas relações futuras... Não lhe parece que cheira aqui a pólvora?

Não há nada de indeciso nem de fingido em sua voz, e depois de me convencer disso, interrogo:

— Conseguiu falar-lhe? Vejo que readquiriu sua bengala.

— Sim, mas Eduarda já estava deitada... Que é isso, santo Deus! O senhor está sangrando?

— Oh, não é nada... quase nada! Ia pendurar a arma e ela disparou. Não se preocupe. Mas porque lhe hei de dar explicações? O importante é que já tem a sua bengala.

Sem atentar na minha excitação crescente, contempla a bota despedaçada, o sangue que goteja, e com essa atitude destra e nobre do médico que vai curar, tira as luvas e aproxima-se de mim, no justo momento em que eu ia cair extenuado. — Não se mova e deixe-me agir. Verá como lhe descalço a bota sem que o sinta... Quieto! Assim! Bem me tinha parecido ouvir um tiro...

CAPÍTULO XVIII

Quanto me arrependi de minha loucura! Os acontecimentos não mereciam tal insensatez, estéril como costumam ser quase sempre os arrebatamentos. Sua única utilidade foi reter-me longo tempo na cabana, numa quietação propícia às meditações e aos arrependimentos. Minha imobilidade durou semanas, durante as quais, graças à engomadeira que vinha trazer-me alimentos e arrumar o aposento, não sofri demasiada solidão. As conseqüências daquele tiro nunca se me apagarão da memória.

Um dia o doutor falou-me de Eduarda, e contra o meu receio, seu nome, misturando-se à conversação, não me impressionou; ouvi-o referir-se às suas opiniões e a seus atos sem a menor emoção, como se se tratasse de pessoa, ou mais ainda, de coisa afastada e sem a menor relação com a minha vida; e esta sensação, ao mesmo tempo consoladora e triste, fazia-me pensar repetidas vezes: "Como esquecemos depressa!"

— Visto que me falou de Eduarda, doutor — disse em voz alta — seja franco. Que pensa dela? Confesso-lhe que há várias semanas deixou inteiramente de interessar-me e por isso não tenha receio de me fazer sofrer com qualquer confidência... mesmo que se relacione com amor. Houve alguma coisa séria entre ambos? Não é preciso ser perspicaz para o admitir: andam sempre juntos, e lembro-me de que no dia da excursão à ilhota fizeram as honras como se fossem um par oficial. Não me responda se não julgar conveniente e note que não lhe estou pedindo explicações... Enfim, falemos de coisas mais agradáveis: Quando poderei usar de novo o meu pé?

Minhas últimas palavras constituíam um triunfo da vontade, e o receio de ouvir o doutor responder às minhas primeiras perguntas, embaraçava-me. Que me importava já Eduarda? Não a tinha esquecido de todo, de todo?... E como o doutor insistisse em falar-me dela, interrompi-o, temeroso e ao mesmo tempo desejoso de saber o que havia no fundo do pensamento daquela jovem, que não sei se cruel ou levianamente brincava com a minha tranqüilidade, roubando-me o equilíbrio e o sossego.

— Por que me interrompe? — exclamou o doutor. — Não pode então suportar que eu pronuncie o seu nome?

— Nem tanto... Até me agradaria saber a sua opinião sobre ela.

Antes de responder, olhou-me desconfiadamente.

— Minha opinião?

— Sim, a título confidencial e com a firme promessa de guardar o segredo. Não vacile; terá porventura pedido e obtido sua mão? Diga-me se devo felicitá-lo.

— Naturalmente é isso o que mais receia.

— Não, nem isso nem nada que com ela se relacione... Basta de ironia.

Fez-se um breve e pesado silêncio e ele mudando de tom retomou a palavra:

— Não, não pedi sua mão e penso, de resto, que talvez seja o sehor quem a peça... Não devemos esquecer que Eduarda é um desses seres que não se dão nem se deixam pedir, mas escolhem quem lhes parece, pondo em cada capricho toda a sua poderosa vontade... Pensa que ela é uma rude, lá porque vive nesta desolada região quase polar? Está enganado! Trata-se de um ser que transformou as suas teimosias de criança jamais castigada, em caprichos de mulher segura da sua sedução. Se a julga fria, terá a evidência do contrário; se a julga apaixonada, pode ficar certo de esbarrar contra o gelo... "Que é então, afinal?" me dirá o senhor... Pois, resumindo, uma frágil mocinha na qual se reúnem imensas e misteriosas contradições... Sorri? Está bem: experimente exercer sobre ela uma influência dominadora e ficará sabendo o que é sagacidade e energia para se libertar. Seu próprio pai, que supõe dominá-la, não faz mais do que obedecer mesmo às suas menores veleidades... Ela diz que o senhor tem pupilas de fera.

— Conheço a opinião mas não é dela, é de outra moça.

— De qual?

— Não sei, de uma de suas amigas; pelo menos ela assim o disse.

— Pois a mim assegurou-me várias vezes que quando o senhor a fixa lhe parece ter à frente os olhos de um tigre ou de um leopardo... Mas não sorria nem pense que leva alguma vantagem com isso... Olhe-a bem, fixe os seus olhos fascinadores, e quando ela notar o desejo de domínio, dir-se-á: "Aqui está um homem que lá porque os seus olhos brilham, pensa que me há de ter à sua disposição". E com um olhar ou uma palavra fria e cortante o afastará, para voltar a atraí-lo quando melhor lhe parecer... Acredite em mim porque a conheço... Que idade pensa que ela tem?

— Se nasceu em 1838...

— Não é verdade. Já tem vinte anos, se bem que não represente mais de quinze... E não pense que é feliz: um turbilhão de idéias opostas combate em seu cérebro; às vezes, quando contempla as montanhas e o mar, sua boca contrai-se de tal modo que é fácil perceber como se sente desgraçada e inferior a qualquer outra; se não fosse tão orgulhosa choraria nesses momentos... Sua imaginação romântica e sua desenfreada fantasia são-lhe os piores inimigos. Talvez espere a chegada de um príncipe... Que lhe pareceu a invenção da nota de cinco escudos dada de gorjeta ao marinheiro?

— Uma farsa, uma mentira.

— Mas uma farsa significativa. A mim também me fez alguma coisa semelhante, há um ano: estávamos a bordo de um vapor onde fôramos despedir-nos não sei de quem. Fazia frio, chovia, e uma pobre mulher tiritava com seu filho nos braços. Eduarda aproximou-se para lhe perguntar: "Não tem frio nem receio que lhe adoeça o nenê? Por que não desce ao salão que está aquecido?" A mulher respondeu que o seu bilhete de terceira não lhe permitia descer, e então Eduarda voltando-se para mim, disse: "Tem apenas o indispensável para uma passagem de terceira. Que diz a isto?" "Que se há de fazer!" respondi compreendendo muito bem a sua intenção, mas lembrando-me ao mesmo tempo de que sou pobre e não posso permitir-me tão dispendiosas caridades... "Que pague ela, se o pai a autoriza!", pensei. Efetivamente pagou, e quando a mulher, desfazendo-se em palavras de gratidão, a abençoava, Eduarda disse-lhe naturalmente, apontando para mim que me afastara alguns passos, com a mesma entonação de verdade que ao senhor naquela noite: "Não agradeça a mim e sim àquele senhor". E não tive outro remédio senão agüentar os agradecimentos da pobre mulher... Que lhe parece? Poderia contar-lhe muitas outras anedotas dessa índole, mas acho que estas duas bastarão. Não tenha dúvida de que, se o senhor os tivesse dado, pendurar-se-ia ao seu pescoço num transporte de paixão. Ah, se tivesse sido um grão-senhor, capaz de pagar por esse preço um sapatinho náufrago! Sua disparatada generosidade teria feito concordar a imagem real com a que ela forjou de si... Por isso deu os cinco escudos em seu nome; e se pensar bem, verá que existe neste, como em todos os seus atos, uma surpreendente mistura de cálculo e de doidice.

— Então é impossível conquistá-la?

— Quem sabe!... — respondeu evasivamente. — Precisa de uma lição severa, visto que só obedece à sua fantasia e está habituada a triunfar sempre, bem como a só encontrar pessoas a quem pode tiranizar. Reparou como a trato? Como se fosse uma colegial. Ralho com ela, corrijo até sua maneira de falar e aproveito todas as ocasiões para a humilhar. Isto mortifica-a extremamente, mas seu orgulho nada deixa transparecer. Há um ano que a castigo a meu modo e parecia já começar a recolher os frutos da minha paciente sementeira, até ao extremo de a ter, inclusivamente, feito chorar, quando o senhor chegou, rompeu a admirá-la publicamente e pôs tudo a perder. Se a gente a abandona, ela logo encontra outro admirador mais incondicional e fervoroso; quando o senhor se for embora acontecerá a mesma coisa.

Enquanto o ouvia falar, interrogava-me: "Poderia este homem agir assim se não tivesse contra ela algum ressentimento?"; e como o silêncio que se seguiu às suas palavras pesava entre nós, disse-lhe sem poder conter-me, bruscamente:

— Por que me conta o senhor tudo isso? Pretende talvez que o ajude a castigá-la?

Mas ele, sem se melindrar com as minhas impertinências, prosseguiu:

— Estou absolutamente seguro de que arde como um vulcão. Não me perguntou se achava impossível conquistá-la? Não, não creio. Espera seu príncipe, que já tarda e lhe causou mais de uma decepção; durante uns dias pensou que fosse o senhor: sonhou-o pelos olhos de animal feroz, pelo mistério da sua vida... O príncipe que chegava incógnito! Ah, se o senhor tivesse trazido o seu uniforme, tenente, quanto caminho a seu favor! Eu já a vi retorcer as mãos na febre de esperar esse que a há de arrancar a esta vida pobre, triste, fria, para ser dono de sua alma e de seu corpo e dar vida a seus sonhos... É condição indispensável que esse príncipe seja estrangeiro, e que apareça quanto estranhamente melhor... Seu pai também o sabe e por isso se ausenta de vez em quando, se bem que nem sempre atinja o desígnio da sua viagem... Certa vez regressou acompanhado de um senhor.

— De um senhor?

— Sim, mas não era o galã esperado — disse sorrindo amargamente. — Era um indivíduo da minha idade, coxo... Já vê que não era possível confundi-lo com o príncipe.

— E onde vive agora esse senhor?

— Onde vive? — respondeu titubeando — Não sei nem importa sabê-lo... Já falamos bastante deste assunto... Dentro de oito dias poderá andar como se nada tivesse; adeus...

CAPÍTULO XIX

Sua voz penetra como um raio de sol pela porta da minha cabana e o sangue adormecido altera o seu ritmo e sobe-me ao rosto.

— Glahn!... Como está Glahn?

Ouço a minha engomadeira responder:

— Quase curado.

O tom em que foi pronunciado meu nome chega-me ao coração, e nenhuma oferta poderia comover-me tanto como esse nome assim repetido pela voz estremecida e luminosa.

Sem perguntar se pode entrar, entra e aparece-me de súbito, com o mesmo atrativo e a mesma autoridade de dantes sobre os meus pensamentos e desejos. Dir-se-ia que o tempo não passou; está junto de mim com a sua jaqueta descorada, com seu avental apertado em baixo para dar maior relevo à estatura, com seus olhos profundos, sua pele quase cetinosa, suas sobrancelhas perfeitamente traçadas; de novo sinto perto o terno revolutear das suas mãos — inteligentes mariposas que parecem ir pousar em mim. Esta espécie de ressurreição comove-me, aturde-me, e não posso deixar de pensar enquanto ela me sorri antes de falar: "Já beijei esse rosto, esses olhos"; sua voz canta em meus ouvidos, prolongando a sensação de que alguma coisa muito boa, muito boa, acaba de renascer.

70

— Então! Já se levanta? Muito bem! Sente-se, que o pé ainda deve estar dorido. Como se feriu, santo Deus? E como não me mandou dizer nada até hoje? Muitas vezes pensava: "Que terá acontecido a Glahn, que ninguém o vê?" E tudo pensava, menos que pudesse estar ferido sem que o pressentimento me avivasse. Já está melhor? Ficou pálido, quase desfigurado... Dói-lhe o pé? Não ficará manco, não é verdade? Pelo menos o doutor assim o afirma e eu peço a Deus que ele se não engane. Desculpe-me ter vindo assim, sem avisar... mas sabê-lo e deitar a correr foi a mesma coisa. Inclina-se para mim num gesto de deliciosa solicitude, que me proporciona seu hálito como das outras vezes. Minhas mãos antecipam-se à vontade, e antecipam-se para a atrair de todo; ela então afasta-se e percebo que seus olhos estão úmidos, que é necessário falar: falar não importa de que, para que nos não domine a emoção:

— Foi um acidente estúpido: imagine que ia pendurar minha arma ali, e o fiz distraidamente sem reparar que os canos estavam voltados para baixo.

— Foi então um acidente? — murmurou com ar sonhador. — Deixe ver. Dá-se também a casualidade de ter sido o pé esquerdo.

— Com efeito, a casualidade. Por que razão havia de ser o direito? Eu tinha a espingarda assim, vê? E não era possível ferir-me de outra maneira... Garanto-lhe que não foi muito divertido.

Olha-me penetrantemente, e murmura um instante antes de continuar:

— Tanto melhor que já está quase são. De qualquer maneira devia ter-se lembrado de mandar alguém buscar a comida à minha casa. Como se arranjou sozinho?

Falamos ainda um momento de coisas banais e por fim lhe disse:

— Quando você entrou, seu rosto, seus olhos brilhantes e o gesto com que me estendeu as mãos, revelaram uma emoção para mim preciosa. Mas já seus olhos recobraram a indiferença das últimas vezes em que nos vimos... Diga-me a razão.

Só depois de uma ligeira pausa responde com esta evasiva:

— Nem sempre poderemos ser iguais.

— Responda-me só a esta pergunta: Que fiz eu hoje que a possa ter contrariado? Diga, para me servir de lição no futuro.

Sentada à minha frente, vejo-a contemplar pensativamente o horizonte e contrair a boca num trejeito de dúvida.

— Nada, Glahn, asseguro-lhe. Às vezes passam-nos pela cabeça estranhos pensamentos e... Aborreceu-se? Não esqueça que há pessoas às quais fazer a menor concessão demanda um grande esforço, ao passo que outras concedem tudo, sem dificuldade alguma... Quais são as mais generosas? Enfim, vejo que a doença o tornou triste, obrigando-nos a falar deste modo sério.

Volta-se repentinamente para mim, e com o rosto iluminado de alegria, exclama:

— Fique bom depressa!... Logo nos tornaremos a ver.

Quando me estende a mão tomo a súbita resolução de a não aceitar e respondo com uma cerimoniosa vênia enquanto lhe agradeço a visita:

— Desculpe-me de a não acompanhar.

Sozinho, fico a refletir durante um largo espaço, e tomando papel escrevo uma carta pedindo que me enviem meu uniforme o mais depressa possível.

CAPÍTULO XX

Nunca esquecerei a feliz manhã em que, já restabelecido, tornei a penetrar na selva, a sentir-me só entre o vasto rumor das árvores, onde tudo — insetos, folhas, ramos — parecia receber-me como a um filho pródigo, ao qual se dão as boas-vindas misturadas com algumas reprimendas. Estava ainda fraco, e todavia a felicidade multiplicava as minhas energias; meus sentidos harmonizavam-se de tal modo com a tranqüilidade da Natureza, que, sem razão aparente, a emoção me subiu ao coração e se escoou em lágrimas pelos meus olhos: lágrimas de gratidão para com a paisagem, cujos braços, como os de um ser vivo, ardente e discreto, me envolviam silenciosos e cheios de carinho... Que a paz de Deus esteja sempre contigo, floresta veneranda e balsâmica, que penetras nas almas e as dilatas e confortas!... Só, entre a rumorosa quietude, volto-me para todos os lados e saúdo as flores pelos seus nomes, os minúsculos vermes que serpeiam por entre as folhas, os passarinhos que atravessam, chilreantes, por entre o céu fúlgido e os mais altos ramos das árvores; olho os cumes das montanhas e tenho a impressão que, de lá, uma voz amiga e sem sexo me chama com tal solicitude, que me sinto obrigado a responder-lhe: "Vou já, vou já! Não penseis que esqueci, na minha prisão de doente, onde se encontram os melhores ninhos, os da aves de rapina que voam com a face voltada para o sol; não penseis que os meus pulmões renunciaram ao prazer de se sentir refrescados nos cimos onde o ar é mais rude, mais luminoso e mais fino!"

No pino do meio-dia desatraco o meu bote e remo lentamente até chegar à ilha próxima do porto; desembarco em uma praia juncada de flores cor de malva, cujas hastes tenras e ágeis me chegam quase aos joelhos. Nenhum vestígio de animal ou de passo de homem vejo em roda; talvez ser algum tivesse jamais pisado este pedaço de terra, simultaneamente bravio e suave. Caminho em alegres passos, deixando para trás o leve murmúrio do mar e a franja de espuma que empresta à ilha uma orla viva e nervosa. Sem medo algum, os pássaros continuam piando nos penedos, e subindo a um dos mais altos avisto a ilha inteira: dir-se-ia que a água tenta apertar o seu cerco, com o único intuito de abraçar também a mim, e de me dar as boas-vindas, justamente como a floresta... Bendita seja a vida, a terra, o céu, e benditos sejam até meus inimigos! Minha alma dilui-se em tudo o que há de bom na paisagem e no pensamento, impelida por um infinito otimismo que a torna melhor; e se neste momento de plenitude se aproximasse de mim o mais violento dos meus inimigos, ajoelhar-me-ia, sorrindo, à sua frente, e amarrar-lhe-ia os cordões das botas...

De uma das embarcações da flotilha do sr. Mack, elevase um canto de marinheiro que também penetra em minha alma pelos ouvidos como o alegre sol pelos olhos. Dirijome à praia, passo diante das cabanas dos pescadores, embarco novamente, e ao cair da noite já estou em meu albergue, compartilhando a ceia com Esopo a fim de voltar ao bosque, donde sai uma brisa perfumada que me acaricia e põe novas bênçãos em meus lábios. "Bendita sejas, aragem passageira, por teres voado até mim, por teres levado contigo os meus pensamentos sombrios, por teres apressado o sangue das minhas veias e o ritmo do meu coração, que também parece dizer-te em seu agitado palpitar: Obrigado... obrigado!"

Vencido pela fadiga, estendo-me sobre a relva e Esopo toma lugar junto de mim; o sono vem pouco depois cerrarme as pálpebras, e sutis imagens, em harmonia com as minhas sensações, começam a perpassar-me pela imaginação que talvez devesse repousar também. Ouço campainhas de argentino timbre, e por fim, numa paisagem marinha vejo erguer-se uma montanha. Subitamente ponho-me a rezar duas orações; uma por meu cão e outra por mim, e eis-me aqui, sem viagem alguma, no sopé do elevado monte, disposto a escalá-lo — quando a porta da minha cabana bate com estrondo e me acorda... O céu de empalidecida púrpura, o sol meio apagado, a atmosfera noturna, a linha longínqua do horizonte onde a luz é mais viva, aparecem-me à maneira de imprevisto espetáculo; na penumbra em que repouso, cercado de silêncio, viro-me para Esopo e digo-lhe:

74

"Não durmas inquieto; amanhã cessará a convalescença e tornaremos a ser os caçadores de antes..." O sonho enganoso que me dera a ilusão de ir penetrar no coração da montanha dissipou-se, felizmente, mas não sei se estou de todo acordo pois estranhas sensações me perturbam e se renovam; sinto-me aturdido, fraco; dir-se-ia que uns lábios acabam de pousar levemente sobre os meus; abro os olhos e perscruto em volta... Ninguém! E sem saber porque, pronuncio o nome de Iselina. Uma rajada sutil eriça a relva com setíneos sussurros. Ouço rumores: folhas que caem, talvez passos... Alguma coisa como um contacto vivo e sensual faz estremecer a relva. Será o ofegante respirar de Iselina, que vem passear sob o dossel vegetal propício aos caçadores vestidos de verde e calçados com altas botas, pelos quais sempre teve predileção?... A fada do bosque habitava um castelo meia légua distante da minha cabana, há apenas quatro gerações, e da sua janela ouvia o som das trompas de caça no emaranhado bosque, então cheio de ursos e de lobos. Um daqueles caçadores contemplou um dia os seus olhos e outro ouviu a sua voz... Bastava isso para que nunca mais a esquecessem. Em uma noite de insônia um outro jovem caçador abriu, com o esforço e o sangue de sua mãos, uma galeria através dos muros do castelo, para chegar à alcova de Iselina e ver, sob a castidade dos lençóis, o corpo voluptuoso, ágil, elástico... Teria apenas dezesseis anos quando chegou um comerciante escocês, dono de numerosa frota e de um filho muito belo, chamado Dundas. Iselina conheceu o mancebo e sentiu pela primeira vez o amor...

Acordo de novo em sobressalto e sinto pesar-me a cabeça; torno a fechar os olhos e logo os lábios de Iselina passam sobre os meus em leve e penetrante carícia... "Ah, é tu, Iselina, deusa feiticeira do bosque, tentadora de homens, és tu que beijas minha boca? Talvez Diderico esteja,como daquela vez, triste, ciumento, escondido atrás de uma árvore".

Minha cabeça vai-se tornando cada vez mais pesada. Já não são imagens de sonho as que circulam dentro dela; é já o sono denso, profundo... Uma voz musical cuja vibração entra em minhas veias, em meus nervos, fala-me docemente... É a voz de Iselina.

— Dorme, dorme — segue-me — que eu quero contar-te minha primeira noite de amor!... Esquecera-me de correr o ferrolho, porque aos dezesseis anos e em plena primavera, quando as árvores reflorescem e tudo ri no mundo a juventude não tem tempo de prevenir coisa alguma... E por aquela porta entrou Dundas como a águia poderosa que vai agarrar a presa... Chegara à região havia pouco, e certa manhã antes de iniciar a caça, ouvi-lhe contar suas longínquas viagens. Teria vinte e cinco anos, e mal senti o contacto de sua pele, amei-o. Sua fronte era vasta, e nela, duas manchas vermelhas, de um vermelho febril, me inspiraram pela primeira vez na vida o desejo de beijar, não suavemente, mas com a boca entreaberta e fechados os olhos... À noite, depois da caça, saí a procurá-lo no jardim, com um medo angustioso de o não achar, chamando em voz alta para ver se ouviria com o coração. Logo surgiu por detrás de umas moitas, e me disse autoritariamente: "Esta noite, à uma hora!"; e tornou a desaparecer.

"Eu fiquei pensando: Que acontecerá esta noite à uma hora? Talvez parta para uma das suas viagens... Mas se assim é, por que veio dizer-mo desse modo? E pensando nisso esqueci-me de correr o ferrolho da porta... Ao bater a uma hora, entrou e eu perguntei-lhe ingenuamente:

— "O ferrolho não estava corrido?

— "Não, vou corrê-lo agora.

E fiquei fechada, sozinha com ele. O ruído das suas botas amedrontou-me.

— "Toma cuidado, não vás acordar a criada com o ranger das tuas botas — disse-lhe. — Não, não te sentes aí que as cadeiras também rangem.

— "Posso então sentar-me junto de ti, no sofá?

Respondi-lhe que sim, porque o sofá era o único que não rangia; mas apesar de lhe ter deixado muito lugar, apertou-me contra si e então beijei-lhe os olhos. Meus lábios deviam estar frios, porque me disse:

— "Estás gelada, dá-me as tuas mãos... És como uma criança de neve! Vem.

Apertou-me em seus braços, e quando eu já começava a aquecer, um galo cantou ao longe.

— "Ouves cantar o galo? Vai nascer o dia.

Eu murmurei desfalecida:

— Tens a certeza de que cantou?

— "As duas manchas vermelhas da sua fronte reapareceram e eu quis levantar-me mas ele não deixou; então minha boca, desobedecendo à minha vontade, pousou-se outras vezes sobre elas, e meus olhos fecharam-se como se um peso infinito e delicioso unisse as pálpebras... Ao despertar, já em pleno dia, não reconheci as paredes de minha alcova, nem meus sapatos, nem minhas roupas habituais... Alguma coisa nova cantava, com um murmúrio de fonte, dentro de mim; e enquanto me levantava não cessava de interrogar-me: "Que é isto que canta e se exalta em todo o meu ser?... Que horas serão?... Que teria acontecido comigo? Mas a todas as interrogações só uma recordação fixa respondia: que me esquecera de correr o ferrolho da porta... A criada ao entrar censurou-me.

— Não regaste as tuas flores, Iselina.

"Esquecera-as, como a tudo!

"E, acentuando a reprimenda, acrescentou:

— "Toda a tua roupa está engelhada.

— "A vontade de rir não me permitiu responder-lhe, mas pensei: "como se teria engelhado a minha roupa? Talvez de noite..."

"Ela continuou inflexível, enquanto um carro se detinha junto à grade do jardim:

— "Teu gato mia de fome; devias ter tratado dele.

"Mas, sem pensar em minhas flores, em meus vestidos ou em meu gato, disse-lhe:

— "Será o carro de Dundas? Pede-lhe que venha imediatamente; é para...

"E quando se afastou, fiquei a perguntar-me se Dundas ao entrar tornaria a lembrar-se de cerrar o ferrolho... Chegou enfim e eu mesma fechei a porta, tal como ele fizera na vez anterior.

— "Iselina! — exclamou num longo beijo que susteve entre as nossas bocas meu nome vivo e incompleto, durante um minuto; eu murmurei:

— "Fica sabendo que não te mandei vir.

— "Ah, não querias então que viesse?

"Mas já as suas carícias me faziam enlanguescer e a sinceridade aflorou-me aos lábios:

— "Sim, mandei-te procurar!... Tinha desejos de ver-te... Não te vás!

"Extenuada de amor, fecho os olhos e vou cair, mas ele sustenta-me e diz sorrindo:

— "Olha, parece-me ouvir cantar um galo.

— "Não! — grito. — Como há de um galo cantar a esta hora? Talvez seja alguma galinha importuna.

"Sorri de novo e beija-me no pescoço e no peito; e antes de me ver toda, murmura:

— "Espera, vou fechar bem a porta.

— "Já está fechada — sussurro.

"E fizemos do dia noite; quando chegou a verdadeira noite, foi-se embora deixando em minhas veias um filtro delicioso e diabólico. Sozinha em minha alcova, nua, fiquei-me diante do espelho a olhar minha própria imagem, com os olhos incendiados de amor, e quanto mais olhava aquele corpo que fora seu, mais crescia o fogo e se intensificava o veneno sensual em minhas veias... Ai, nunca me contemplara daquele modo, nunca me inclinara sobre mim mesma para beijar avidamente minha própria boca, como se fosse uma flor, como se fosse a boca feiticeira de Dundas!...

"Acabo de contar-te meu primeiro amor; por hoje chega... Outro dia te falarei de Suen Herlufsen, que vivia na ilha próxima... Todas as noites remava um largo pedaço para me ir entregar a ele... Falar-te-ei de Stamer, um sacerdote que também foi meu amado... E de outros ainda. Meu coração não sabe negar-se!"

Quebrando a superfície de meu sonho, o autêntico cantar de um galo chegou-me de Sirilund: e espreguiçando-me, suspirei:

— Ouviste, Iselina? O galo canta para nós.

Desperto então completamente e vejo Esopo em pé... Esopo e mais ninguém! Foi-se — murmuro em tom doloroso. E vivamente excitado saio para ouvir de novo o canto dos galos de Sirilund. Em frente à minha porta vejo Eva: vai para o bosque e leva uma corda para atar os feixes. A luz da manhã brinca em seus olhos, em sua boca, em seu peito agitado pelo desejo, e doura-a da cabeça aos pés. Ao ver-me esboça um gesto de desculpa:

— Não vá pensar que...

— Que é que hei de pensar Eva?

— Que passei por aqui de propósito para o ver... Foi casualidade.

E enrubesce deliciosamente.

CAPÍTULO XXI

Se bem que aparentemente são, o pé continua a incomodar-me e tão depressa um tenaz mal-estar como dolorosas pontadas me obrigam a passar as noites em claro. As variações atmosféricas influem muito nessa dor, da qual todavia me consolava a certeza de não vir jamais a coxear. Quase decorreu um mês, e alguém vem avisar-me de que o sr. Mack está de volta. Poucos dias após a sua chegada dá sinal de vida, mandando pedir o bote que me havia emprestado; isto me prejudica seriamente, pois estando em época de proibição desaparece o recurso da caça para minha alimentação.

Mais de uma vez pergunto porque mandaria recolher tão bruscamente uma coisa oferecida com tanta insistência, e na primeira vez em que encontro o doutor, digo-lhe um pouco à maneira de afirmação e de pergunta:

— Não sabe que me tiraram o bote?

— Chegou um forasteiro que vai nele ao mar todos os dias; parece que se ocupa de não sei que sondagens.

O forasteiro era um finlandês conhecido a bordo pelo sr. Mack. Davam-lhe o título de barão, e trazia uma coleção de conchas e de pequenos moluscos. Sua chegada constitui durante muito dias o prato preferido de Sirilund, tanto pelas distinções que lhe dispensavam como por ocupar na casa do sr. Mack o salão e uma das melhores alcovas.

Uma das noites em que faltaram os víveres ocorreu-me a idéia de ir a casa de Eduarda, e ao chegar vi que ela estava usando seu vestido novo; a saia estreita fazia-a mais alta. Acolheu-me cortês e friamente:

— Desculpe não me levantar — disse ao estender-me a mão.

— Minha filha está adoentada — acrescentou o sr. Mack. — uma irritação na garganta devida às imprudências... Sem dúvida vem pedir-me explicações sobre o caso do bote, não? Há de desculpar e não tome a mal que lhe ofereça outro; embora sem pintura e um pouco gretado, talvez possa servir-lhe... Há de compreender que era preciso fazer as honras ao novo hóspede, um sábio que se ocupa todo o dia em investigações científicas. Não se retire sem o conhecer... Veja seu papel com a coroa de barão. É um homem adorável e devo a um mero acaso a felicidade de o ter entre nós.

— Muito bem, muito bem! — disse enquanto pensava que não me convidavam a cear como das outras vezes.

Afortunadamente devia restar-me ainda algum peixe salgado, e assim não morreria de fome... Quando ia despedir-me entrou um homenzinho de cinqüenta anos mais ou menos, rosto comprido e maçãs salientes, escassa barba negra e grandes óculos atrás dos quais brilhavam dois olhitos minúsculos; era ele. Vi de relance que nos botões de punhos tinha, como no papel de carta, a coroa de cinco pontas. Saudou-me curvando ainda o corpo já de si arqueado e observei que em suas mãos muito finas serpeavam as veias muito azuis, que as unhas lhe brilhavam metalicamente.

— Tenho muito prazer em conhecê-lo — disse-me. — Há quanto tempo está o senhor tenente por aqui?

— Há alguns meses, senhor.

Era realmente um homem agradável. Para o fazer brilhar ainda mais, o sr. Mack pôs-se a falar de oceanografia e o barão enumerou-nos suas coleções, explicando-nos a natureza do solo marinho que rodeava as ilhas e o porto; entrou depois em seus aposentos para regressar com algumas algas recolhidas no mar Branco. Ao falar erguia o índice com gesto professoral, e retificava amiudadamente, sobre o nariz escorregadio, a posição dos óculos. O senhor Mack ouvia-o com extraordinário interesse, e eu próprio mal notei que passara uma hora ouvindo-o... Numa das pausas da palestra aludiu à minha ferida, e como me dissesse que tinha muito prazer em saber que eu já estava curado, não pude deixar de perguntar-lhe:

— Por quem soube o senhor barão do meu pequeno acidente?

— Pela senhorita Mack, se não me engano... Não foi a senhorita que mo disse?

Eduarda corou, e eu que me sentira tão infeliz vindo vê-la sob o pretexto da minha escassez de víveres, experimentei um novo renascer de esperança... Ah! não estivera de todo só no mundo durante aqueles dias de sombria dor em que, com a ferida aberta, apenas acreditara ter junto de mim a muda e ansiosa solicitude de Esopo! Obrigado, Eduarda, por teres pronunciado meu nome ao menos uma vez , ainda que não tenhas posto nele a paixão que eu ponho ao dizer o teu, ainda que fosse apenas para amenizar o tédio de teu novo hóspede!...

Despedi-me e ela permaneceu sentada, pretextando de novo sua indisposição, a fim de não parecer grosseira. Baldadamente ao estreitar sua mão quis perceber uma pressão, um leve tremor no contacto; foi indiferente, correta, cruel. O sr. Mack, embebido na conversa, não pôde ver a angustiosa súplica de meus olhos. Por felicidade dispunha-se a não se deixar apoucar pela nobreza do barão falando-lhe por sua vez do avô Cônsul, pois ouvi-o dizer com retumbância:

— Não sei se já lhe disse que o próprio Carlos João em pessoa colocou este alfinete no peito de meu ilustre avô.

Ninguém me acompanhou até à porta; ao sair lancei para a sala um furtivo olhar, e surpreendi Eduarda que com suas duas mãozinhas ansiosas afastava os transparentes para olhar a rua. Evidentemente queria ver-me partir!

Fiz como se não tivesse visto, acelerei o passo e tive a necessária força de vontade para não voltar a cabeça até me encontrar na orla do bosque. "Fiquemos por aqui — disse então a mim mesmo. — É preciso que isto acabe de uma vez!"

A cólera incendiava-me o sangue. Por que razão fora a Sirilund? Bastava o rostinho gracioso de uma mocinha qualquer para fazer perder a um homem o respeito de si mesmo? Eduarda interessara-se por mim por mera distração, durante uma semana, para não fazer, depois, o menor caso de mim. Por que razão não procedera eu de igual maneira? Ah! não, não! Era necessário reagir... Cheguei à cabana, aqueci o peixe e pus-me a comer; mas o pensamento podia mais do que o apetite, e apesar da solidão as palavras afluíam-me aos lábios.

— Ah não, não! Não vou agora por uma insignificante mocinha consumir-me de amor, renunciar ao repouso das noites, sofrer a fatigante loucura dos sonhos, respirar essa nauseabunda e pesada atmosfera dos desejos que se não confessam, enquanto lá em cima esplende o céu azul e o bosque inteiro parece chamar-me com sua voz poderosa e casta... Ah! não, não! Levanta-te Esopo, vamos para a Selva!

CAPÍTULO XXII

Resolvi alugar a lancha do ferreiro, e durante oito dias ocupei-me exclusivamente da pesca. Eduarda e o barão entrevistavam-se diariamente, quando este voltava das suas excursões náuticas. Uma noite encontrei-os perto do moinho, e outra vi-os passar à frente da minha cabana; receoso de que fosse visitar-me fechei a porta silenciosamente, surpreendido de que o vê-los juntos me não causasse a menor inquietação. Poucos dias depois encontramo-nos frente a frente, num caminho; não quis cumprimentá-los primeiro, e quando o barão se descobriu à minha passagem levei friamente a mão à pala do boné, continuando sem apressar ou retardar o passo.

No dia seguinte, como de tantas outras vezes, senti um desalento, uma infinita desesperança, e o moinho da imaginação pôs-se de novo a girar. Tudo, até a pedra existente no cotovelo do caminho que morria à minha porta, adquiriu aos meus olhos um triste aspecto. O calor, as densas rajadas de vento, a chuva de que estavam prenhes as nuvens baixas e lentas, tudo me mortificava reavivando a dor de meu pé mal curado. Não obstante a necessidade que tinha de descanso, tive de prevenir-me com o necessário para resistir nos dias duros já próximos... Deixei Esopo amarrado e fui até o despenhadeiro com meus utensílios de pesca. Poucas vezes sentira tanta tristeza e tanta opressão.

— Quando chegará o vapor do correio? — perguntei a um pescador.

— Dentro de três semanas. Espera alguém?

— Alguém não; alguma coisa... Meu uniforme.

83

Um dos empregados do sr. Marck passa perto e levanto-me para o cumprimentar:

— Acabaram as partidas de *whist* em Sirilund?

— Não, jogamos freqüentemente.

Fiquei um instante calado para ocultar minha contrariedade e acrescentei:

— Nestes últimos tempos não tenho podido ir.

Subi para o meu bote e remei até ao sítio onde costumava pescar. A atmosfera tornava-se cada vez mais pesada. Fiz uma boa pescaria e ainda ao regressar matei dois pássaros. Ao desembarcar encontrei o ferreiro carregado de ferramentas, e levado por uma repentina idéia, propus-lhe:

— Quer que façamos juntos o caminho?

— Não posso; o sr. Mack espera-me e terei trabalho até à meia-noite.

— Será então para outra vez.

Saudei-o com um gesto e quando o perdi de vista encaminhei-me para sua casa. O rosto de Eva iluminou-se ao ver-me.

— Tinha tanto desejo de ter ver sozinha! — disse-lhe.

A surpresa fazia-a parecer quase estúpida e também eu estava comovido. Colhi uma de suas mãos e continuei:

— Não podes supor quanto me agradas e a confiança que me inspira a bondade de teus olhos... Perdoa-me por ter pensado em outra... Hoje venho só por tua causa e porque tua presença apazigua a minha alma. Não me ouviste chamar-te esta noite?

— Não, respondeu atônita.

— Dizia... não sei; mas era a ti que eu chamava. Acordei chamando por ti, e ainda que a minha boca dissesse outro nome era contigo que eu sonhava e com quem continuei sonhando já acordado. Não falemos mais dela! Agradas-me tanto, Eva!... Bem gostaria Eduarda de ter tua boca, tão vermelha e pequena, e esses pezinhos tão minúsculos... Olha-os.

84

Ergui a barra da sua saia e uma expressão de alegria inteligente, nova para mim, iluminou seu rosto. Um momento pareceu que ia afastar-se de mim; porém, com brusca decisão deu-me um braço e conduziu-me para um banco onde nos sentamos muito juntos e ficamos a falar em voz baixa e precipitada:

— Imagina — disse-lhe — que Eduarda apesar de ser mocinha, não sabe ainda falar bem e diz disparates como qualquer rude menina. Achá-la bonita?... Eu não... Além disso sua fronte tem alguma coisa de... — ia a dizer tenebroso; e como se tudo isso fosse pouco, não tem o menor cuidado consigo mesma e até traz as mãos sujas muitas vezes.

— Tínhamos resolvido não falar dela.

— É verdade, desculpa.

Fiquei um instante silencioso, continuando o fio dos meus pensamentos.

— Por que é que os teus olhos se embaciam? — perguntou-me Eva.

— Não, não... preciso ser justo... Sua fronte é realmente linda, e só uma vez, naturalmente por descuido, a vi com as mãos sujas... E prossegui, em tom irritado:

— Não julgues que o meu pensamento te abandona, Eva; mas ouve o que te não contei ainda: a primeira vez que Eduarda viu Esopo, disse: "Esopo, se não me engano, foi um sábio frígio." Não te parece um pedantismo ridículo? Tenho a certeza de que havia lido isso, naquele mesmo dia, no dicionário de seu pai.

— Talvez... E que mais?

— Disse também que o professor de Esopo foi Xantus. Que vontade de rir!

— Ah!...

— Que sabedoria tão fora de propósito não? Por que não ris como eu?

Pôs-se a rir para me ser agradável, sem abandonar todavia o seu ar grave e disse:

— Realmente é engraçado, mas como eu não compreendo bem...

Continuei em silêncio minha meditação, sem quase reparar que no seu rosto o riso se ia trocando em ansiedade cada vez mais próximo do meu.

— Preferes que não digamos nada e que fiquemos assim, muito juntos, olhando-nos? — disse enfim com os olhos lacrimosos, enquanto sua pequena mão mergulhava em meus cabelos com doçura que me libertou de meus pensamentos e me levou a abraçá-la com mais força.

— Como és boa! Juro que sou teu, que te quero cada vez mais e só a ti... Se quiseres, levar-te-ei comigo quando for embora daqui... Não é verdade que irás?

Sua resposta é tão suave, vem-lhe tão do fundo da alma, que mal distingo o sim de um suspiro. Nosso abraço então perde a pureza, transforma-se em violência, em desejo, e ela se entrega fremente, quase desmaiada.

Uma hora depois dou-lhe o beijo de despedida, e antes de abrir a porta entra o sr. Mack, que sem poder reprimir um ah! de espanto crava os olhos na alcova de onde acabamos de sair.

— Não esperava encontrar-me aqui, não é verdade? — digo-lhe à maneira de saudação.

Eva permanece imóvel, sorrindo-me. De novo senhor de si, o sr. Mack responde-me em frases lentas e calculadas:

— Engana-se, vim justamente procurá-lo para lhe recordar que, de primeiro de abril a quinze de agosto, é proibido disparar armas de fogo numa circunferência de três quilômetros, e como há testemunhas de que o senhor andou outro dia caçando perto da ilha...

— Cacei dois pássaros — disse para me justificar.

— Seja lá o que for, o caso é que transgrediu a lei.

— Sem dúvida, mas asseguro-lhe que inadvertidamente.

— É necessário calcular as conseqüências do que fazemos.

86

— Em maio também era proibido, e no entanto eu disparei duas vezes minha espingarda no mesmo bote em que o senhor estava.

— Isso é muito diferente — disse com frieza.

— Pois nesse caso, com todos os diabos, deixe-me em paz e cumpra o seu dever, se é que o sabe.

— Sei muito bem; fique tranqüilo.

Saí sem reparar que Eva havia posto seu gorro branco para me seguir e que o intruso se encaminhava para sua casa; enquanto andava fui considerando que o incidente me permitia compreender a baixeza do pai de Eduarda, ao mesmo tempo que liquidar com uma mísera multa as nossas contas... Grossas gotas começaram a cair; as pegas voavam à flor da terra fugindo do vento... Quando penetrei em minha cabana senti-me feliz e libertei o inquieto Esopo, o qual, depois de me festejar com várias cabriolas, saiu e rompeu, inesperadamente, a comer erva.

CAPÍTULO XXIII

Do meu assento de rocha, ao abrigo de uma saliência do alcantilado, contemplo o mar, fumando incessantemente. Cada vez que encho o cachimbo o tabaco avermelha-se sob as cinzas: igualmente, à menor recordação, as idéias se me acendem na mente... Perto de mim alguns ramos dispersos indicam ter havido ali um ninho morno e cheio de susurros; semelhante a esses ramos dispersos que nada mais guardam da antiga doçura, está meu coração.

Lembro-me nos seus menores detalhes, desse dia e do seguinte. Ah! que duros momentos de adversidade! Sentei-me na montanha; o vento traz até mim os mugidos do mar, seu hálito salobro, e propaga seus clamores pelas anfratuosidades da rocha; dir-se-ia que no seu seio lutam inumeráveis colossos contorcionando os membros num paroxismo que ergue enormes espumas, ou ainda que dez mil mil demônios se divertem em manter as águas, num adejar invisível, em constante movimento. Entre as nuvens, ao longe, a imaginação figura-me um tritão sacudindo as barbas de alga, para ver, mais longe ainda, um veleiro desarvorado que se vai para o alto do mar...

Malgrado a minha melancolia, sinto-me feliz naquela solidão absoluta, e à maneira que o vento vai crescendo cinjo-me mais à montanha, com a grata certeza de que ninguém poderá observar-me ou ver meus olhos, mais úmidos pelas tempestades interiores que me devastam a alma do que pelo vendaval. Dois pássaros adejam sobre mim e o estridor dos seus gritos domina, por um instante, o clamor do vento; uma enorme pedra desprende-se, rola pela montanha e vai sepultar-se entre as vagas. Permaneço imóvel, gozando uma súbita paz que nasce e cresce em mim; na segurança do meu abrigo, rodeado de tumulto, e bem-estar torna-se preciso; e quando a chuva cai obliquada pelo vento de sudoeste, abotôo a peliça e dou graças a Deus, enquanto o sono me vai envolvendo e dominando...

É já meio-dia quando desperto, e ainda chove; apesar disso resolvo-me a embarcar, e a caminho do ancoradouro tenho um encontro imprevisto, quase desagradável. Eduarda surge à minha frente, alagada pela chuva, e olha-me sorridente. A cólera crispa-me os dedos sobre a espingarda e faz-me mudar de direção, como se a não tivesse visto; porém sua voz detem-me:

— Bons-dias — diz humildemente.

Não posso deixar de responder.

— Bons-dias — senhorita... se bem que, como vê, o fim deste não é dos mais agradáveis.

Permanece um momento espantada com a minha frase mas logo torna a insinuar um novo sorriso tímido e pergunta:

— Vem da montanha? Deve estar ensopado... Quer fazer o favor de aceitar meu cachecol? Não me faz falta nenhuma, garanto-lhe... e entre amigos nada tem de extraordinário.

Baixa os olhos, talvez porque nos meus a ira se antecipa à palavra.

— Seu cachecol? De maneira nenhuma... Ia até oferecer-lhe minha peliça, que quase me incomoda... exatamente como a ofereceria a qualquer outra; tome-a sem favor; oferecê-la-ia com a melhor das vontades, mesmo à última mulher do último pescador... Sua tensão era tal que, com a boca aberta e os olhos fixos, estava quase feia. Como continuava com o cachecol na mão quase estendida, apressei-me a tirar a peliça e vi-a sair enfim da sua abstração:

— Ponha-a outra vez, pelo amor de Deus!... Que lhe fiz eu para me tratar tão mal? Se não se cobre imediatamente ficará molhado até aos ossos.

Enquanto lhe obedecia lentamente, perguntei com voz surda:

— Onde vai?

— A parte nenhuma... Não compreendo como, com um tempo destes, se atreveu a despir a peliça.

— Que fez hoje do seu barão? Com a idade que tem, o senhor conde não se atreverá a sair para o mar.

— Glahn!... Não me fale assim; preciso de dizer-lhe uma coisa.

Sem dar atenção, prossigo:

— Não se esqueça de apresentar os meu respeitos ao senhor duque.

Nossos olhares cruzam-se como duas espadas e sinto-me disposto a interrompê-la de novo se intentar falar-me; mas pouco a pouco seus olhos se apagam e suas feições se contraem dolorosamente; então, quase a meu pesar, digo-lhe:

— Seriamente, Eduarda, recuse as homenagens desse príncipe; uma mulher não deve casar com um título, mas com um homem; ele tem tanto orgulho da sua coroa que há de certamente perguntar-se todos os dias se será conveniente rebaixar-se até casar consigo... afirmo-lhe que não é esse o marido que lhe convém.

— Não falemos disso, Glahn... Se soubesse quanto tenho pensado em você! E no entanto, o senhor teria sido capaz de se privar da sua peliça em benefício de qualquer outra, ao passo que eu saí com o cachecol só porque sabia que a chuva o teria surpreendido no bosque... Mas a recordação das suas veleidades tornou a irritar-me, e encolhendo os ombros interrompo-a:

— Permita-me que lhe sugira o candidato verdadeiramente único: o doutor. Que pode objetar a um homem como ele, na plenitude da energia e da inteligência? Trata-se de um homem superior, não esqueça.

— Ouça-me ao menos um minuto.

— Meu fiel Esopo está-me esperando na cabana — respondo; e tirando respeitosamente o boné repito a irônica saudação:

— Boas-tardes, linda senhorita.

Ao ver-me afastar lança um grito e as palavras saem-lhe dos lábios aos borbotões:

— Não me martirizes assim... Não foi por acaso que te encontrei; venho-te seguindo há dias e dias, com a esperança de que te aproximes outra vez de mim... Ontem pensei que ia ficar louca: minha cabeça era um verdadeiro vulcão, do qual tu eras a lava e a cinza; e hoje estava na sala quando entrou esse... Sem necessidade de o olhar logo percebi quem era. "Ontem — disse-me — remei durante um quarto de hora pelo menos." "E não se fatigou?" — perguntei-lhe. "Sim, muito; tenho as mãos cheias de bolhas" — fez tristemente, e eu compreendi que aquelas bolhas eram a causa única de sua tristeza! Pouco depois acrescentou: "Esta noite ouvi sob a minha janela um terno murmúrio de vozes; sem dúvida, uma das criadas entende-se com um empregado". "Vão-se casar em breve". "Em todo o caso eram duas da manhã e..." "Para os namorados não há noite..." Arrumou melhor os óculos e continuou: "Tem razão; mas à hora de dormir não lhe parece que todos os colóquios são importunos"? Não lhe quis responder e passamos pelo menos dez minutos em silêncio. "Permite que lhe ponha o xale? Está fazendo frio" — disse por fim... "Não, obrigada". "Se tivesse coragem de pegar numa das mãozinhas..." Meu pensamento estava tão longe que nem respondi e ela estendeume um estojo contendo um alfinete com a coroa de ouro guarnecida por dez brilhantes... Aqui está, Glahn, olha-o... Dir-te-ei porque está amolgado e torcido... Quando ele mo deu, perguntei-lhe: "Que quer que eu faça com este alfinete?" "Que o use". Devolvi-lho, dizendo lealmente: "Não posso aceitá-lo; estou comprometida." "Comprometida?" "Sim, com um caçador que em vez de jóias me ofereceu duas incomparáveis penas verdes... tome o seu alfinete". Negou-se a recebê-lo e só então ergui os olhos para os cravar furiosamente nos seus. "Não tornarei a aceitá-lo — assegurou — visto como o comprei para você; faça dele o que quiser". Levantei-me e pondo-o no chão, espezinhei-o até o torcer assim... Tudo isto sucedeu hoje de manhã, e depois de comer ia saindo quando o encontrei quase à porta. "Onde vai? — perguntou-me. "À procura de Glahn, pedir-lhe que não me esqueça..." E desde então te espero aqui. Oculta atrás de uma árvore, senti-te vir, como a um Deus, por esse caminho tão querido; tudo o que é teu, tua barba, tua estatura, teus olhos, me enlouquece... Mas impacientas-te e queres ir embora... Não pensas senão nisso... Sou-te indiferente, e quando te digo que te adoro, nem sequer me olhas!

Mal deixou de falar, tornei a iniciar minha interrompida marcha; os sofrimentos haviam-me endurecido tanto o coração que olhando-a disse-lhe outra vez com um mau sorriso:

— Se não me engano, parece-me ter-lhe ouvido há pouco que tinha alguma coisa a dizer-me.

Esta ironia foi mais forte do que a sua pertinácia, de sorte que, mudando de tom, respondeu:

— Alguma coisa a dizer-lhe?... Já lha disse. Se não entendeu, tanto pior... Não tenho mais nada, nada... que dizer-lhe!

E ao passo que sua voz tremia, não sei se de dor ou de cólera, permaneci tranqüilo, sem experimentar a menor emoção.

CAPÍTULO XXIV

No dia seguinte, muito cedo, percebi que seus passos se detinham à minha porta, no momento em que eu ia sair. Durante a noite refletira e adotara uma linha de conduta: não, não tornaria a ser joguete daquela mocinha frívola e mal-educada, vivo rebento de Iselina, sem o atrativo da ingenuidade e do paganismo!... Muito durara a ferida que em meu coração deixara seu nome, ferida dolorosa e que ainda me fazia mal!... Bastava, portanto. A experiência adquirida no dia anterior provava-me que a ironia era a melhor arma para a afastar, e minhas pilhérias, bem temperadas pela reflexão, estavam de novo dispostas... Abrindo a porta, avistei-a junto à pedra do cotovelo final do caminho; parecia excitadíssima. Ao ver-me teve o gesto de se lançar para mim com os braços abertos, mas a minha atitude deteve-a; saudei-a com uma leve inclinação de cabeça e dispus-me a continuar meu caminho.

— Glahn — disse então, retorcendo as mãos desesperadamente — hoje tenho com efeito uma coisa para lhe dizer; só uma!

Parei e voltei-me para ela, esperando.

— Sei que uma noite destas o viram em casa do ferreiro quando Eva estava só.

Não pude reter um gesto de surpresa.

— Quem foi?

— Asseguro-lhe que não me dedico a espreitá-lo; meu pai contou-mo, ao ver-me entrar molhada e dolorida, depois de me perguntar, aborrecido, porque é que eu insultara o barão... "Eu não o insultei; apenas lhe disse a verdade".

Ele então perguntou-me: "De onde vens?" "De ver o tenente Glahn, não nego".

Fazendo esforços para dominar o sofrimento que já renascia em mim, malgrado os meus propósitos de ironia, disse-lhe:

— Fui pagar-lhe a visita, visto que já veio aqui algumas vezes.

— Aqui? À sua cabana?

— Sim, e conversamos como bons amigos.

— Então Eva tem estado aqui?

Seguiu-se um momento de ansioso silêncio, durante o qual resolvi mais uma vez não me deixar enternecer, e prossegui:

— E já que é tão amável a ponto de se interessar pelas minhas questões, há de permitir que me interponha nas suas, por mera caridade, naturalmente: ontem advoguei a candidatura do doutor, lembra-se? Penso que está decidido... Repito-lhe que o príncipe não lhe convém.

Dois relâmpagos simultâneos e hostis brilharam em seus olhos, e a cólera precipitou pela sua boca frases sibilantes, insinceras, ao mesmo tempo amargas e pueris:

— Saiba de uma vez que não pode, sequer, comparar-se ao barão... Pelo menos é um verdadeiro senhor, incapaz de quebrar copos e de desforrar o seu despeito no sapato de uma pobre moça... Ontem mesmo suportou com dignidade a sua dor, e não ficou ridículo como o senhor... Sim, sim; saiba que me envergonho de ter sido até sua amiga e que o acho insuportável...

A meu pesar suas flechas deram no alvo, pois baixei a cabeça e respondi:

— Tem razão: sou desajeitado em sociedade e preciso de tolerância... Só no bosque, onde a minha falta de cortesia não aborrece ninguém, vivo bem; quando abandono esta querida solidão, preciso de vigiar-me eu próprio e ter até quem me vigie.

— Suas inconveniências são tantas que é impossível a gente não se cansar delas e não as prevenir.

A frase foi tão cruel que fiquei inteiramente embaraçado; e todavia faltava ainda o aríete final:

— Visto necessitar que o vigiem, encarregue disso Eva... Que pena ser casada!

— Casada, Eva?

— Sim, casada, pois decerto.

— Com quem?

— Com o ferreiro, não se faça de tolo.

— Juro-lhe que a supunha sua filha.

— Pois é sua mulher... pode informar-se.

Minha surpresa foi tal que murmurei como um eco:

— Eva é casada... casada...

— Escolheu muito bem, muito bem — acrescentou.

A indignação começava a embotar todos os meus sentidos, de modo que disse para terminar:

— Enfim, falemos do que interessa: case-se com o doutor; o príncipe não passa de um velho idiota.

A ira levou-me a exagerar absurdamente os seus defeitos e assim garanti que ele tinha sessenta anos, era calvo, quase cego e de uma vaidade estúpida, pois até usava nos botões da camisa a coroa nobiliárquica. Tratava-se de um ser grotesco, sem personalidade... Eduarda atalhou as minhas diatribes.

— É muito mais do que tu, selvagem, e afirmo-te que me casarei com ele e que lhe hei de querer com toda a minha alma e só nele pensarei, dia e noite, a partir deste momento... Podes trazer tua Eva quando quiseres, já não me importo... Lembra-te bem do que te digo: amo-o tanto a ele como te detesto, e juro-te que o meu maior desejo é perder-te de vista.

Rompeu a andar, precipitadamente, e na curva do caminho, voltando-se para mim horrivelmente pálida, gritou:

— Desejaria nunca mais te ver... nunca!

CAPÍTULO XXV

As folhas amareleciam e nas sementeiras surgiram já as primeiras flores. Terminada a proibição de caçar lancei-me para o bosque em cujo silêncio meus tiros ressoaram; bem desejaria que o vento os levasse até Sirilund. No primeiro dia matei apenas alguns pássaros e lebres, mas em outro tive a sorte de matar uma águia. O céu, muito alto, cobria a serenidade conjunta do mar e da selva; as noites eram frescas e os dias límpidos; dir-se-ia que o mundo se preparava, num recolhimento quase contrito, para saltar do verão para o inverno pelo passo melancólico do outono.

Num dia em que esbarrei com o doutor, disse-lhe:

— Não tive mais notícias da multa que por transgressão da lei me impôs o sr. Mack.

— Eduarda opôs-se a que a levasse avante.

— Pois não lho agradeço... diga-lho.

Os últimos dias de verão davam ao bosque um encanto dolorido; os caminhos eram como fitas cinzentas na imensa massa amarela; cada dia acendiam-se novas estrelas e a lua era apenas uma sombra dourada, envolta em véus prateados... Quando pela primeira vez vi Eva, disse-lhe:

— Que Deus te perdoe, Eva... disseram-me que és casada.

— Não sabias?

— Não, não.

Apertou minhas mãos em silêncio e baixou os olhos.

— Teu marido há de perdoar-te por teres faltado à sua confiança... Que havemos de fazer agora?

— O que quiseres... Visto que não te vais ainda, sejamos felizes enquanto estiveres aqui.

— Não pode ser.

— Ao menos uns dias!

— Não, nunca mais; vai-te Eva, vai-te!

Dois dias e duas noites passaram sobre este encontro e ao terceiro encontrei-a vergada ao peso de um fardo tão grande que quase a escondia toda. Quanta lenha carregou durante o verão este pobre corpo delicioso! Aproximei-me dela enternecido e murmurei:

— Põe esses feixes no chão e vem para junto de mim; quero ver se teus olhos continuam sendo tão azuis como antes...

Mas seus olhos estavam vermelhos, vermelhos de terem chorado, essas lágrimas que, por saírem da alma, deixam no rosto uma espécie de marca de fealdade.

— Sorri-me, Eva... Torna a ser a de dantes; só de ver-te já quebrei minha promessa... Vês? Não quero resistir-te... Sou teu, teu, teu!

Desceu a noite e vamos juntos pelo caminho; ela canta e sua voz é, no bosque, como um alegre gorjeio. A seu lado meu sangue ferve.

— Que bem cantas esta noite, Eva!

— É porque estou feliz.

Como é menor do que eu tem de se pôr nos bicos dos pés para me abraçar bem.

— Deformas as mãos de tanto trabalhar — digo-lhe.

— Não importa.

Em seu rosto resplende a alegria.

— Falaste com o sr. Mack?

— Só uma vez.

— E que te disse ele?... Que lhe disseste tu?

— Foi sempre mau para nós, mas agora ainda mais; meu marido trabalha até meia-noite e eu não descanso... Ordenou-me que trabalhasse tanto como os homens.

— E por que faz isso?

Eva baixa os olhos ao ouvir minha pergunta e murmura:

— Porque te quero bem.

— E como é que ele o sabe?

— Disse-lho eu.

Ficamos calados um instante e eu acrescentei:

— Deus queira que ele abrande um pouco!

— Oh, não te preocupes!... Não me importa!

E sua voz vibra no silêncio da selva como o canto de um pássaro feliz.

Cada dia as folhas amarelecem mais; o outono avança, as estrelas aumentam no firmamento, onde a lua parece agora uma sombra de prata envolta em gazes de ouro. Ainda não há frio mas um silêncio fresco e fluido desce com as noites. No bosque tudo adquire caráter de vida, quase de pensamento; dir-se-ia que cada árvore tem a sua preocupação especial; os últimos frutos maduros caem dos ramos... E assim chegamos à data de 23 de agosto, às três terríveis noites de prova.

CAPÍTULO XXVI

Primeira noite de prova... O sol esconde-se às nove e uma pálida obscuridade, na qual apenas fulgem alguns astros, envolve tudo. Até às onze a lua não aparece; então apanho minha espingarda e seguido de Esopo interno-me no bosque. Apesar de não nevar, o frio obriga-me a acender uma fogueira, cujas chamas brilham alegremente. Estou contente como se pela primeira vez me encontrasse em comunhão com a grandeza do bosque; meus pulmões dilatam-se, meus pensamentos ampliam-se e uma exaltação maravilhosa faz nascer em mim o desejo de brindar com todos os seres vivos pela augusta solidão da noite, pelas trevas propícias a que um soberano murmúrio de Deus perpasse sobre as árvores, pela inefável e simples harmonia do silêncio, pelo surpreendente prodígio de formosura da folha verde, plena de vida, e da amarela, já morta, que estala no caminho... Desejaria brindar por tudo o que é símbolo de existência nesta quietude estelar: pelo cão que procura o rastro, pelo inseto que zumbe, pelo gato bravo elasticamente postado à espreita de que um passarinho pouse ao seu alcance, por essas candeias do mundo chamadas estrelas e lua, pela tranqüila paz que após as fadigas do dia envolve o universo...

O desejo é tão vivo que as palavras completaram minha intenção, e eis-me aqui na atitude pagã de erguer a taça... Mas em meio da natureza o homem não sente o ridículo, e quando olho para todos os lados e me encontro só, a ânsia de brindar, em vez de me envergonhar, empolga-me outra vez e transforma-se em oração: "Obrigado, Senhor, do fundo do meu ser, pelas noites silenciosas, pelas montanhas violáceas à hora do crepúsculo, pelos murmúrios do mar que repercutem em mim como se eu fosse de rocha viva; obrigado por esta vida que não mereci, pelo alento que enche o meu peito e pela graça suprema de viver esta noite, na qual a Tua presença se sente nos eflúvios da terra e no sussurro das árvores, no silêncio dos animais e na atmosfera e no rutilar remoto das estrelas... Obrigado por me deixares compreender que a mão divina teceu com igual amor a vasta maravilha do mundo e o humilde prodígio da minha existência... Gratidão infinita por saber que no espelho dos meus olhos ondula o bosque, a teia de aranha, a roda, o espinho e o céu; por ouvir a barca que entra no porto em cadenciado remar; por ver a aurora boreal que ilumina o céu para o Norte... Obrigado, Senhor, por me haveres dado esta alma imortal onde se representa o mundo criado por Ti, e Tu mesmo em Tua infinita grandeza; obrigado, enfim, por ser eu quem está aqui sentado, gozando o sugestivo silêncio deste espetáculo noturno, cuja beleza incomparável quase põe lágrimas nos olhos e riso nos lábios!"

Quebrando o silêncio uma pinha seca vem à terra. A lua já caminha depressa para o alto do céu e sua luz projeta no chão as contorcidas ramagens. A fogueira começa a extinguir-se, e quando se apaga, já tarde, empreendo o regresso.

Segunda noite de vigília: silêncio igual, igual doçura, igual esforço confidencial nas coisas que os homens ignorantes chamam mortas. Maquinalmente dirijo-me para uma árvore e encostado a ela, com as mãos enlaçadas sob a nuca, fico-me a olhar a fogueira enquanto a imaginação viaja; mas a fantástica viagem é tão grata que custo muito a sentir o mal-estar da posição. Pouco a pouco as pernas se me intumescem e tenho de sentar-me; só então me pergunto porque razão olhei por tanto tempo a luz que me mortificava... Ai, é a história de sempre! Esopo inquieta-se ao notar antes de mim o rumor de passos. Eva chega.

— Estou esta noite triste e pensativo — digo-lhe à maneira de saudação.

E como vejo que não quer responder-me, talvez por piedade, acrescento:

— Desejo apenas três coisas, Eva: um antigo sonho de amor, a ti e a esta preciosa terra em que estamos.

— E qual preferes das três?

— O sonho de amor.

Esopo nota que a cabeça de Eva caiu pesadamente sobre o peito e olha-a enquanto eu prossigo:

— Hoje encontrei-me com certa moça que ia pelo braço de seu amante; ao ver-me passar falou-lhe ao ouvido e ambos se puseram a rir.

— De que se riam?

— Quem sabe?... Talvez de mim. Por que mo perguntas?

— E tu conhece-a?

— Sim, de a ver, de lhe dizer adeus.

— E ela?

— Não sei... Para que desejas saber tantas coisas? Não te direi seu nome.

Silenciamos um instante, findo o qual me obstino em voz baixa:

— E por que se riu de mim? Não lhe basta ser leviana? Que lhe disse eu para se divertir à minha custa?

— Fez mal, muito mal.

— Talvez não; não a censures porque talvez tenha razão para rir-se... E chega... Nem mais uma palavra, entendes?

Minha voz é áspera, e ela, assustada, cala-se. O silêncio é tão angustioso que logo compreendo a minha injustiça e colhendo-lhe as mãos ajoelho-me e digo-lhe com voz embargada pela comoção:

— Anda Eva, vai-te embora. Asseguro-te que a ninguém quero como a ti. Como seria possível querer-te menos do que a um sonho?... Disse isso só para te ver... Seriamente... Anda, vai para casa e amanhã falaremos. Não esqueças que sou teu, só teu... Vai... Até amanhã... Boa-noite.

E ela submissa, vai-se embora devagar, sem se atrever ao menos a voltar a cabeça.

Terceira noite de tormento: noite caliginosa, na qual os eflúvios da terra tudo saturam de mórbida preguiça. Ah!, se ao menos fizesse o frio de ontem! Todavia acendo um feixe de ramos. Quando Eva aparece e se senta junto a mim, digo-lhe:

— Afirmo-te que é possível gozarmos com as tiranias que nos fazem, mesmo se nos espezinharem e desprezarem injustamente... a Natureza humana tem incompreensíveis refinamentos... Podem arrastar-nos, não importa por onde, e respondermos, se alguém nos interrogar compadecidamente: "Não é nada; estão apenas arrastando-me"; e se alguém pretendesse salvar-nos, seríamos capazes de recusar o auxílio e de responder se nos perguntassem como era possível suportar tal tratamento: "Sofre-se muito bem... e até se adora a mão que martiriza..." Eva, sabes o que é esperar?

— Naturalmente que sei.

— Pois é uma coisa extraordinária. Certa vez, por exemplo, passas uma manhã inteira a passear por um caminho no qual esperas encontrar uma pessoas querida, que não chega simplesmente pela razão de ter em outra parte qualquer ocupação mais interessante para ela... Como vês, é uma coisa extremamente simples. Conheci um velho lapão, cego havia cinqüenta anos,que aos setenta julgava ver um pouco melhor em cada dia. Os progressos eram lentos, lentíssimos; mas se não se interrompessem — dizia ele — "dentro de seis ou sete anos poderei entrever o sol". Seus cabelos eram negros, como os de um moço, e em compensação seus olhos eram brancos; fumávamos juntos muitas vezes e ele me dizia que em criança vira perfeitamente... Era forte, musculoso, pouco sensível, e todavia tenaz na esperança. Quando me retirava, ele acompanhava-me algum pedaço, e detendo-se de vez em quando, dizia-me: "Para ali fica o sul, para ali o norte; continuarás nessa direção mais uns trezentos passos e depois voltarás à direita, não é assim?" "Com efeito", dizia-lhe eu, e ele sorria então satisfeito, garantindome que a prova de que via melhor era que, cinqüenta anos antes não teria podido indicar-me a direção tão exatamente. Em seguida, penetrando em sua morada com a ajuda dos pés e das mãos, sentava-se junto do fogo e ali ficava a acariciar o desejo de recobrar a vista... É assim... A esperança é uma coisa extraordinária, Eva; compreende, se és curiosa, que eu espero esquecer a pessoa que não quis passar pelo caminho onde a estive esperando toda a manhã.

— Falas hoje de um modo estranho.

— Porque é a minha terceira noite de provação; mas amanhã verás como hei de sorrir e encher-te de carícias... Faltam apenas algumas horas para eu ser outro homem... Vai... Até amanhã, Eva.

— Até amanhã.

Já sozinho, estendo-me junto à fogueira e fico a olhar abstratamente as chamas amarelas e azuladas; cai uma pinha seca, estalam os ramos, bandos de folhas revoluteiam na noite profunda e meus olhos vão-se pouco a pouco cerrando... Ao fim de uma hora o nervosismo cede como se os meus sentidos lograssem adquirir o ritmo do imenso silêncio. A lua, no céu, parece uma concha marinha que sugere imagens de amor, e me faz enrubecer, falar-lhe em voz baixa e arquear os braços no desejo de uma carícia impossível. O vento ergue-se de repente, e uma força desconhecida põe tudo em agitação. Que acontece? Olho em volta e nada vejo

101

de estranho; mas a brisa traz-me o apelo de uma voz que faz vergar minha alma, tremer todos os meus nervos e ofegar meu peito como se sentisse outro peito invisível ansiar sobre ele... As lágrimas secam-me entre as pálpebras... Sinto a presença de Deus, sinto o seu olhar severo... É só um minuto: cessam as rajadas e tenho a impressão de ver um fantasma sumir-se no labirinto do bosque... Por um segundo luto contra a hipertensão dos meus sentidos, e esgotado pelas emoções entro enfim no repouso absoluto... Quando desperto a noite está no fim.

Foram três noites passadas no mais alto grau de febre, com a tremenda impressão de que uma grave enfermidade ia apoderar-se de meu corpo para o maltratar e talvez destruir; durante elas as idéias e as coisas ofereceram-se-me com estranha vibração, como através de uma prisma feito de alucinações e febre. Foram três noites de infinita e horrorosa tristeza. Mas já passaram!

CAPÍTULO XXVII

Eis o outono; o verão fugiu tão depressa como chegou; foi apenas um relâmpago feliz do qual, neste dias frios, só resta a morna recordação. Às vezes a névoa sobe do mar e envolve tudo em penumbras fabulosas; mas eu pesco, caço e canto em meus longos passeios pelo bosque sem me importar com o tempo... Vou escrever o que casualmente sucedeu em uma das minhas excursões.

Sem saber como, encontrei-me à frente da casa do doutor, e vi, reunidos, muitos jovens de ambos os sexos, quase todos os que foram ao piquenique das ilhas. Estavam dançando e deixaram de o fazer quando um carro parou à porta e dele desceu Eduarda. Eu já estava perto, ela ao ver-me não pôde conter um gesto. Quis evitá-los com um adeus cortês, mas o doutor não mo consentiu e foi necessário aproximar-me. Junto dela, pareceu-me perturbada, arrependia talvez da sua conduta, pois nem um momento me olhou; e se bem que, recobrando pouco a pouco a serenidade, se atrevesse a fazer-me algumas perguntas banais, persistiu numa intensa palidez. A neblina envolvia num véu frio seu pequenino rosto.

— Venho — disse dirigindo-se a todos — da igreja onde supunha encontrá-los; espero que me agradeçam os quatro ou cinco quilômetros de caminho e o convite que venho fazer-lhes para amanhã, por motivo da próxima despedida do barão... Haverá baile e decerto nos divertiremos muito; não faltem.

Todos se inclinaram em sinal de assentimento e gratidão e ela voltando-se para mim acrescentou:

— Espero da sua amabilidade que não deixe de comparecer... Não vá enviar-nos à última hora um bilhete de escusas.

Retirou-se logo e confundido por tanta amabilidade afastei-me dos dançarinos para saborear minha felicidade; pouco depois despedi-me também. Quanta bondade, quanta inesperada bondade! Como poderia corresponder-lhe? O frio intumescia-me as mãos e uma deliciosa sensação de inexistência me impedia de fechar os punhos. Cheguei tarde à minha cabana, pois dei uma volta a fim de ir perguntar ao cais se o vapor chegaria no dia seguinte, antes do anoitecer... Infelizmente não chegaria antes da próxima semana; desse modo, ocupei-me em tirar da mala o melhor traje, em limpá-lo e serzi-lo com grande e pueril vontade de chorar... Terminada a obra deitei-me, porém uma idéia importuna não me deixava dormir: "Foi uma cilada — dizia comigo mesmo; — se eu não estivesse ali não teria sido convidado... E todavia não posso negar a insistência com que o fez e até demonstrou o receio de receber à última hora uma desculpa".

Passei mal a noite e cedo ainda saí para o bosque, transido, mal-humorado, febril... Ah!, preparava-se então em Sirilund uma grande recepção em honra do barão? Pois o que eu devia fazer era não ir nem apresentar qualquer desculpa... Isso mesmo. Não faltava mais nada!

A névoa alastrou-se, densa, e a umidade glacial impregnou-me a roupa e entorpeceu meus movimentos; apesar de não chover sentia o rosto molhado e hirto de frio. De tempos a tempos alguma rajada de vento fazia revolutear sobre a paisagem adormecidos farrapos de bruma. O dia passou e desceu o crepúsculo, verdadeiro arauto de uma noite sem luz e sem estrelas. Como não tinha pressa deambulei tranqüilamente, aventurando-me em direção desconhecida, com o desejo de me perder em qualquer das inexploradas partes do bosque. Quando já me pareceu bastante tarde, encostei a espingarda a uma árvore e consultei a bússola para me orientar, calculando que deveriam ser perto das nove e que teria de gastar longo tempo para chegar à minha cabana.

O acaso reservava-me uma surpresa: depois de ter andado meia hora ouvi música e logo em seguida compreendi que estava em pleno Sirilund, junto à casa de Eduarda. Por que me teria levado a bússola justamente para o único lugar de onde queria fugir? Quando ia afastar-me, ouvi a voz do doutor que me deteve; outras pessoas se aproximaram e no meio do carinhoso tumulto foi-me forçoso entrar.

Talvez o cano da espingarda tivesse desviado a agulha magnética... Não sei o que pensar... Preciso desfazer-me desta bússola que já me enganou duas vezes.

CAPÍTULO XXVIII

Desde o momento de chegar até ao de partir, não fiz senão convencer-me de ter feito mal em aceder ao chamado do doutor. Minha chegada mal distraiu a maioria dos presentes das suas diversões e a própria Eduarda só me saudou de passagem, sem dar a menor importância ao fato de eu ter correspondido ao seu desejo; mas apesar de tudo isto fui ficando, em vez de partir imediatamente, e fiz todos os esforços para me aturdir com as bebidas. O sr. Mack, vestido de casaca, parecia mais esbelto e amável do que nunca, multiplicando-se para agradar a todos, dançando, rindo, tomando parte em todas as brincadeiras, e não obstante, uma vez em que me defrontei com ele em plena luz, notei que por detrás do brilho dos seus olhos havia pensamentos ocultos.

A festa ocupava cinco aposentos, excetuada a sala, e a música era ouvida em toda a parte. Os criados não cessavam de substituir os copos, de distribuir vinho, de passar com cafeteiras de cobre, com cigarros, cachimbos, doces e frutas; e a abundância parecia crescer com a profusão das luzes. Eva ia e vinha também, ajudando a manter o serviço em ordem.

Toda a gente guardava para o barão os melhores cumprimentos, mas ele, com o ar talvez mais reservado do que discreto, procurava ser como os outros. A casaca, muito justa, realçava-lhe a nascente obesidade, e seus olhos procuravam continuamente Eduarda, pelo que não tardei a sentir por ele uma aversão que pouco a pouco se foi transformando em ódio. Cada vez que os nossos olhares se encontravam desviava desdenhosamente os meus, acentuando esta atitude com secas respostas, nas poucas vezes em que me dirigiu a palavra.

Lembro-me de um incidente muito significativo: estava contando a uma loirinha uma história qualquer, naturalmente insignificante, mas que lhe agradava talvez pelos detalhes e o tom alegre que me ditava o álcool, quando vi Eduarda não só olhar-me com inesperada simpatia, mas pedir à minha interlocutora que lhe repetisse o meu gracioso conto. Aquele olhar causou-me tanto bem, na solidão hostil em que até então me sentira que desde logo vi inteiramente mudada a minha disposição de ânimo; tornei-me alegre, não da alegria do vinho mas da esperança, e saí do meu canto para me juntar aos grupos e falar e rir com todos. Quero esclarecer

105

que nem por um momento supus afastar-me das mais estritas regras de urbanidade.

Encontrava-me num patamar da escada com destino a outros aposentos, quando Eva, carregando uma bandeja, se aproximou, e apertando-me a mão logo se afastou, sorrindo. Nada dissemos um ao outro e eu entrei na sala de baile; percebi logo que Eduarda me olhava hostilmente do corredor e o sangue gelou-me nas veias quando a ouvi dizer em voz alta:

— Já viram que coisa engraçada? O tenente Glahn aproveita-se da sombra da escada para declarar amor às criadas.

Como alguns a ouvissem e como seu rosto empalidecera malgrado o tom frívolo e quase cômico dado à censura murmurei:

— Foi por casualidade... Eu estava no patamar quando Eva passou e...

Decorreu uma hora. Longe de mim, não sei quem derramou vinho no vestido de uma das senhoras, e logo ouvi Eduarda gritar:

— Não há que ver! Foi outro desastre de Glahn.

Compreendi então sua maldade e com risco de estorvar os pares que dançavam, encostei-me a uma das portas do salão e pus-me a beber sombriamente, sem falar a ninguém, sem olhar ninguém... O barão continuava sendo o protagonista da festa e os elogios femininos iam para ele em suavíssimas ondas. Ouvi-o manifestar sua pena por ter já empacotadas as suas coleções, e referir-se ainda outra vez às célebres algas do mar Branco e às pedras e pedaços de quartzo achadas nos rochedos próximos ao porto. As coroas de barão que brilhavam em sua camisa atraíam mais olhares do que os mais lindos olhos; até o próprio doutor estava eclipsado, e seu juramento favorito — "Morte e condenação! — não produzia o menor efeito.

Todavia, de cada vez que Eduarda falava seu rosto tornava-se severo, e até a corrigiu algumas vezes:

106

— Se algum dia conseguir transpor o vale de Aqueronte...
— dizia ela.

— Que é que deseja transpor?

— O vale de Aqueronte. Não é assim que se chama?

— Eu tenho apenas ouvido falar de um rio Aqueronte... em todo o caso pode ser que também haja um vale e até que a senhorita o consiga vadear... De outra vez, já não me lembro porque razão, ela pretendeu ter uma vista muito aguda e atribuiu-se olhos de esfinge.

— De esfinge ou de lince? — perguntou ele.

— Sim, de lince; isso mesmo — emendou perturbada.

E ele encerrou o caso desta maneira implacável:

— Deve dar graças a Deus por eu ter vindo hoje traduzir as suas intenções: o que a senhorita desejava era ter os olhos de Argos, confesse.

O barão dirigiu ao doutor, que o sustentou firmemente, um olhar de censura e espanto através dos óculos. Bem importava ao doutor aquele olhar; tanto quanto me importaria a mim!... O baile continuava, e aborrecido pelo meu isolamento consegui sentar-me junto à preceptora das filhas do pastor, e a conversação levou-nos, por inesperados atalhos, a falar da guerra da Criméia e da proteção dispensada por Napoleão III aos turcos... Imediatamente Eduarda se interpôs entre nós e me disse:

— Venho, senhor tenente, pedir-lhe perdão por ter surpreendido o seu idílio na escada, e prometer-lhe que não me tornará a acontecer semelhante coisa.

Ria como sempre, mas evitava olhar-me de frente. A cólera esteve a ponto de dominar-me, mas consegui dizer-lhe em voz comedida:

— Senhorita, peço-lhe que...

Perante o meu tom frio sua fisionomia escureceu e sua voz vibrou também, carregada de ameaças. Pensando nos bons resultados da tática do doutor, esforcei-me por rir e encolhi os ombros; ela disse então sem mesmo procurar dissimular o ódio:

107

— Por que não vai para a cozinha? Lá é que é o seu lugar.

Sem ligar importância ao seu olhar rancoroso, perguntei-lhe, quase alegremente:

— Com muito prazer, se lá está Eva... Não receia que a ouçam e interpretem suas palavras de modo desfavorável?

— Não... Isto é... Decerto que poderiam julgar... Que quer o senhor dizer com isso?

— Nada, nada... Enfim, natural que o vinho e a dança subam à cabeça de uma mocinha como a Eduarda... Tenho a certeza de que, quando disse que o meu lugar é na cozinha, não teve a intenção de ser insolente... Vá, vá dançar...

Afastou-se alguns passos mas logo compreendi que o torneio não terminara ainda e que ela apenas desejava repor-se do golpe recebido. Vendo-a voltar, quase adivinhei suas palavras antes de as ouvir:

— Indicando-lhe que seu verdadeiro lugar era na cozinha, disse-lhe simplesmente a verdade. O que o senhor merece.

— Eduarda! — interrompeu assustada a preceptora.

Limitei-me a virar as costas e continuei meus comentários sobre a situação da Criméia; a névoa excitante do álcool desvanecera-se e não obstante parecia-me que o soalho tremia; pouco a pouco perdi a serenidade afetada e numa repentina decisão ergui-me para me retirar. O doutor cortou-me a passagem.

— Felicito-o — disse-me; acabo de ouvir um caloroso elogio a seu respeito.

— A meu respeito? E quem teve esse bom humor?

— Eduarda... Falava com indubitável sinceridade, e como se fosse pouco, daquele canto que o senhor não podia ver, estava-o acariciando com os olhos de um modo que não necessita de outros esclarecimentos.

— Muito bem — disse-lhe rindo.

Mas a maré de idéias contraditórias já me não permitia ficar. Precisava de vingar-me por meio de qualquer brutalidade. Furioso, louco, aproximei-me do barão, e fingindo inclinar-me para lhe falar ao ouvido, escarrei-lhe.

Não disse nada mas olhou-me com assombro e pouco depois chamou Eduarda, naturalmente para lhe contar a minha ofensa. Ela olhou-me também, mas seu olhar foi menos de espanto do que de contrariedade; sem dúvida lembraram-lhe todas as minhas faltas e impulsividades — o copo quebrado, o sapato atirado à água... Tive então vergonha de mim mesmo, e considerando-me um homem perdido, sem me despedir de ninguém, como quem foge, saí. Só em pleno bosque pude respirar livremente.

CAPÍTULO XXIX

A partida do barão está iminente, e como a ninguém apraz mais do que a mim, decidi, no dia em que se for, subir ao despenhadeiro a cuja frente passa o vapor, e dar de lá algumas salvas em sua honra; mais do que isso, vou abrir um furo na rocha e enchê-lo de pólvora, para que ao passar à minha frente, um enorme bloco se desprenda e vá cair na água, como se a Natureza se comovesse por vê-lo partir. Já sei qual é o melhor lugar: o monte cheio de fendas que se levanta verticalmente sobre a praia onde se calafetam as barcas. A meu pedido, o ferreiro começa a fazer os utensílio necessário para a obra.

A pobre Eva não cessa de trabalhar; trabalha mais do que um homem; tão depressa leva um dos cavalos dos sr. Mack da casa para o moinho, como ela própria faz de cavalo, carregada de trigo e de farinha. Muitas vezes a encontro no caminho e fico atônito com a frescura vegetal do seu rosto. Quanto amor na ingenuidade do seu sorriso!... O dia será para o trabalho do sr. Mack, mas as noites são para mim e para ela... Noites de paixão e de segredos.

— Não pareces ter a menor sombra de preocupação, Eva adorada.

109

— Não digas que me adoras... Que sou eu senão uma pobre mulher sem cultura, que a única coisa que sabe e saberá sempre é ser fiel? Sê-lo-ia ainda que ameaçassem matar-me; como vês, o sr. Mack é cada dia mais exigente para conosco, e isso nada me importa... Quando me vê fica furioso e outro dia chegou mesmo a sacudir-me por um braço, lívido de raiva... Todavia, não quero ocultar-te, tenho um desgosto...

— Um desgosto, tu?

— Sim, o sr. Mack ameaça-te... Esta noite disse-me: "Foi então o tenente que te virou o juízo?" "Sim, é meu e eu sou sua" — respondi... "Pois verás como depressa o hei de fazer abandonar o terreno"... E eu fiquei com medo.

— Não te incomodes com o que esse velho diga... São tolices, Eva... Tolices e nada mais... Vamos, deixa-me ver se os teus pezinhos ainda continuam tão lindos; deixa-me ver agora o teu rosto, a tua boca... assim... Fecha os olhos.

E ela em meus braços, alvoroçada e feliz.

CAPÍTULO XXX

Eis-me no alto da montanha, aprofundando o buraco que hei de encher de pólvora. A atmosfera outonal é de cristalina transparência e os golpes da picareta estendem-se nela a intervalos regulares. Esopo não afasta de mim os olhos inquiridores, sem compreender porque é que o orgulho dilata de vez em quando o meu peito. Como poderá ele compreender a alegria de me sentir só, preparando em segredo um grande acontecimento?

As aves migradoras já partiram: "Boa viagem e voltai depressa!" Só algum pardal travesso ou a sedentária garça vagueiam ainda entre os ninhos pendentes nas pedras ou ocultos entre os arbustos. As coisas mudaram de aspecto e algum fruto tardio põe sua mancha sanguínea no tom cinzento da pedra; mais longe, uma campainha azul e uma outra flor silvestre balanceiam-se numa obstinação primaveril; um martim-pescador voa lentamente,com o pescoço estendido... Tombando a noite escondo as minhas ferramentas, e sentado em uma pedra descanso. Tudo dorme em redor; a Lua sobe, vagarosa, e projeta as gigantescas sombras das montanhas, que parecem estender-se mal-intencionadamente sobre o chão. Atingido o zênite, o astro dir-se-ia uma ilha de fogo ou um imenso disco de cobre. Estou-o contemplando com essa renovada surpresa sempre possível nos espetáculos de Deus, quando Esopo começa a dar mostras de inquietação.

— Que tens, Esopo? Sentes-te talvez, como teu amo, cansado de sofrer, desejas afogar o desgosto no esquecimento... Eu só desejo uma coisa: paz; não quero perturbar ninguém nem que ninguém me perturbe. Eva, que tu bem conheces, pergunta-me: "Pensas de vez em quando em mim?" "Penso sempre" — respondo-lhe. "E isso te faz feliz?" "Sim, muito". "Pois já te nasceram alguns cabelos brancos". "É verdade". "Deve ser algum pensamento que não te deixa". "Talvez". E ela então conclui: "Já vez que pensas somente em mim"... Esopo, meu fiel, meu inseparável Esopo, deita-te e não fiques inquieto... Falemos, se queres, de outra coisa.

Mas o animal excita-se, e uma terrível ansiedade o impele a puxar-me pela roupa e a ladrar. Resolvo-me enfim a segui-lo, não tão depressa como é seu desejo, pois, sempre na dianteira, volta, ladra mais e larga a correr... Um súbito clarão ergue-se para o céu, por detrás das árvores; chegando ao caminho vejo uma enorme fogueira e paro imobilizado de espanto: o que está ardendo assim, irreparavelmente, é a minha cabana.

CAPÍTULO XXXI

Logo compreendi que a mão do sr. Mack lançara o fogo. Minhas pele, minhas asas de pássaro, minha águia dissecada, meu móveis e adornos, tudo foi consumido... Que fazer? Decidido a não pedir hospitalidade em Sirilund, dormi duas noites ao relento e aluguei por fim a um pescador uma cabana próxima à costa, dedicando-me, largo tempo, a tapar as frestas com arbustos. Um molho de ramos servia-me de leito. Eduarda, sabedora da minha desgraça, mandou-me oferecer a casa em nome de seu pai. Ela generosa e boa!... Não caí na armadilha e nem sequer lhe mandei resposta, tirando deste tardio desdém uma fonte de orgulhosa alegria. Poucos dias depois encontrei-a pelo braço do barão e ao ver que eu prosseguia indiferente o caminho, deteve-se para me dizer:

— Não quer então ser nosso hóspede, senhor tenente?

— Já estou instalado em minha nova morada.

— Não teria passado tão mal.

O barão afastara-se alguns passos e o tom comovido das últimas palavras de Eduarda revolveu a ternura em meu peito. Em voz mais baixa perguntou:

— Resolveu-se a nunca mais me ver?

— Absolutamente. Pensava mesmo em ir agradecer-lhe sua oferta de hospitalidade, duplamente valiosa, já que a má vontade que seu pai tem contra mim não foi alheia ao incêndio. E uma vez cumprido o dever de lhe apresentar os meus agradecimentos, despeço-me... Boas-tardes, senhorita.

Com sua atitude sincera e irritada de outras vezes, insistiu:

— Mas por que não quer tornar a ver-me?

O barão chamou-a de longe, e eu, sem modificar minha atitude francamente correta, concluí.

— Seu cavalheiro chama-a... A seus pés...

Segui em direção ao despenhadeiro. "A partir de hoje — prometi a mim mesmo — nada poderá separar-me desta frieza da qual nunca devia ter saído..." Num dos atalhos encontrei Eva.

— Como vês, o senhor Mack não conseguirá afastar-me como disse: incendiou minha cabana mas já tenho outra... Onde vais? Levava uma lata de breu e um pincel para calafetar o novo bote do sr. Mack, construído justamente na praia situada sob o rochedo onde eu preparava a mina explosiva. O sr. Mack não lhe deixava um minuto de descanso, e para a afastar de mim, mandava-a trabalhar naquela praia distante. Ah! sempre a tirania junta aquilo que pretende separar.

Enternecido pela sua resignação, puxei-a para mim e acariciei-a comovido:

— Pobre queridíssima Eva, trata-te como a uma escrava e nem protestas, nem mesmo pensas em queixar-te!... Sorris, e a torrente de vida que escorre do teu sorriso afoga todo o desgosto e toda a lembrança de servidão. Anda, vai trabalhar que eu também vou.

Chegando junto à mina vi com surpresa que alguém estivera ali e reconheci as pegadas dos sapatos do sr. Mack. Que andaria a fazer por aqueles lugares?... Fui tão ingênuo que não tive a menor suspeita... Encolhi os ombros e recomecei a furar, sem pressentir que, com cada golpe de picareta, contribuía para uma imensa desgraça.

CAPÍTULO XXXII

O vapor chegou enfim e com ele o meu uniforme. Esse mesmo navio levaria à noite o barão, com suas famosas coleções de caracóis e algas; enquanto esperava tão preciosa carga, suas escotilhas abriam-se para receber os barris de arenques e de óleo de fígado de bacalhau. Disposto a realizar o meu propósito, carreguei a espingarda, escalei a montanha e preparei o buraco. Ao terminar, não pude conter um sorriso de satisfação; só me faltava aguardar o momento oportuno.

Quando o arquejar do barco chegou até mim já declinava o dia, e ao ouvir o silvo anunciador do levantamento do ferro, meu coração palpitou como se aquele barco fosse um ser vivo que viesse a uma entrevista largo tempo esperada. Só passaria daí a alguns minutos, e como a lua ainda não brilhava, meus olhos perscrutaram as trevas para ver o instante em que o pequeno navio deixava o porto. Quando o avistei, acendi a mecha e afastei-me a correr. Decorreu um momento, e à luz de uma enorme chama avermelhada vi uma rocha imensa rolar para o abismo; logo em seguida ouvi um estrondo formidável, que as montanhas repetiram e aumentaram por largo tempo. Quando tudo acabou já o navio estava à minha frente e disparei então, com curto intervalo, os dois tiros da minha arma. As detonações foram repetidas, de crista em crista, como se também as montanhas formassem coro para saudar o nobre colecionador. O ar deixou enfim de vibrar, os ecos morreram e o vapor sumiu-se na noite...

Recolhi as ferramentas e iniciei a descida com as pernas intumescidas, seguindo a orla fumegante que deixara a enorme rocha arrancada pela explosão; atrás de mim caminhava Esopo, sacudindo de vez em quando a cabeça: o cheiro da pólvora fazia-o espirrar.

Na praia aguardava-me um espetáculo horrendo: junto à barca, despedaçada pelo choque da imensa pedra desprendida, jazia Eva quase irreconhecível, com o corpo esfacelado. A morte devia ter sido instantânea.

CAPÍTULO XXXIII

Que hei de escrever ainda? Durante muitos dias não tornei a disparar um tiro e refugiado em minha nova cabana não pensava sequer em que os víveres haviam terminado e que me seria preciso sair em busca de alimentos. Os restos de Eva foram levados para a igreja numa embarcação pintada de branco; eu não quis acompanhá-los, mas dando um grande rodeio por terra fui ao cemitério esperá-la e ver como deitavam seu pobre corpo, tão bom e tão doce, pela última vez.

"Eva está morta, morta para sempre — fala uma voz dentro de mim... Lembras-te da sua facezinha virginal, do pequeno gorro que lhe completava o oval e lhe dava um ar de noviça?" Sim, lembro-me e nunca a poderei esquecer. Discreta, tímida, silenciosamente, vinha, depunha o seu fardo e corria para mim, sorrindo. Ah! que intensa torrente de vida transbordava então da sua maneira de sorrir!... Fica quieto, Esopo, não cortes o fio da minha imaginação... Justamente vem-me à lembrança uma lenda relativa a Iselina, quando Stamer, o apaixonado clérigo, vivia nesta cercanias.

"Certa moça estava prisioneira em um castelo cujo dono ela amava. Por quê? Perguntai-o ao vento e às estrelas e ao Deus senhor da vida, pois só eles conhecem mistérios tão profundos... O senhor fora seu amigo e seu amante; mas um dia conhecera outra mulher e seus sentimentos desviaram-se da moça da mesma forma que um rio muda de curso.

"Amara-a com amor juvenil, chamara-lhe muitas vezes "seu anjo tutelar, sua terna pomba", envolvera-a muitas noites com esse abraço apaixonado e quase exasperado com que o amor pretende agarrar-se eternamente ao fugitivo; dissera-lhe: "Dá-me o teu coração", e ela dera-lho como quem nada dá... Cada vez que ele lhe perguntava: "Posso pedir-te uma coisa?", ela respondia que sim, feliz por ter ainda alguma coisa para dar; e ele aceitava tudo naturalmente, sem mesmo parar um instante a agradecer.

"Com a outra, em compensação, era um escravo, um louco, um mendigo. Por que? Perguntai-o à poeira do caminho, às folhas que tombam, à divindade misteriosa que rege o mundo: só eles conhecem segredos tão profundos... A outra não lhe dava nada, nada, nada! E por tudo lhe negar ele se dizia obrigado com as palavras do coração. Em vez de dar-

115

lhe, fazia-lhe exigências: "Dá-me o teu repouso, a tua inteligência, a tua dignidade", e ele tudo lhe dava, pesaroso apenas de que ela se não lembrasse de lhe dizer ainda: "Dá-me a tua vida toda, e depois a salvação da tua alma". Por isso a pobre mocinha enamorada e desprezada foi encerrada na torre.

"— Em que pensas, jovem prisioneira, para sorrires assim?

"— Penso naqueles dias de há dez anos, quando o conheci e amei e ele foi bom para mim.

"— Ainda de lembras dele?

"— Sim, todos os dias, em todas as horas... Sempre!

"E passou mais tempo e tornaram a perguntar-lhe:

"— Em que pensas, prisioneira, para sorrires assim?

"— Estou bordando seu nome neste lenço.

"— O nome daquele que te fechou nessa torre onde a tua juventude se consome?

"— Sim, o do homem que conheci e me amou há vinte anos.

"— Ainda te lembras dele?

"— Sua lembrança não empalidece nem mesmo em sonhos.

"E decorreram mais anos, mais anos...

"— Que fazes, prisioneira de cabelos cor de cinza?

"— A velhice aproxima-se e eu já não vejo o bastante para bordar; mas arranho a parede com minhas mãos, e quando tiver bastante gesso constituirei um vaso para lhe oferecer.

"— Para oferecer a quem?

"— Ao meu amor... Aquele que me encerrou aqui.

"— E sorris ao pensar na tua prisão?

"— Sorrio porque penso que dirá ao recebê-lo: "Eis aqui um vaso feito pela minha amante de há trinta anos... Ainda não me esqueceu."

"E passou mais tempo, mais tempo...

"— Prisioneira corcovada, tuas mãos já nada podem fazer e ainda sorris.

"— E pensas naquele que te aprisionou há quarenta anos?

"— Nele, sempre nele... Conhecemo-nos quando éramos jovens, e só com uns dias de amor quarenta anos se encheram de recordações.

"— Mas não sabes que já não vive... que já morreu?

"Ah! pobre velha enamorada; teus lábios murcham, tua voz, que ia responder, extingue-se, teus olhos tornam-se vítreos, uma palidez lívida te cobre e cais inerte para sempre!" Esta é a maravilhosa lenda da mulher encerrada na torre. Ouve-a, Esopo, que talvez a entendas!... Eva, pobre corpo adorado, deixa-me lançar sobre a tua campa o primeiro punhado de terra; e quando todos se forem hei de vir beijar a tua cova!... Cada vez que me lembro de ti um raio de sol atravessa a minha mente, e sinto-me cumulado de bênçãos só em pensar no teu sorriso... Tu davas tudo sem esforço, pois a vida transbordava em ti, e estavas embriagada de luz, de carícias e de amor... E no entanto, outra que me nega até o favor do seu olhar, possui-me por completo, por completo! Por que?... Perguntai-o aos doze meses do ano, aos navios que singram os mares e ao Deus insondável que governa os corações.

CAPÍTULO XXXIV

Vendo-me tão abatido, disse-me alguém:
— Então o senhor já não caça?... Esopo corre pelo bosque levantando lebres inutilmente.
— Mate-as por mim — respondi.
Poucos dias depois o sr. Mack veio visitar-me; trazia grandes olheiras e em vão me esforcei por decifrar o segredo de seus olhos febris. Ter-se-ia embaciado a minha antiga faculdade de ler nas almas?... Falou-me da catástrofe, atribuindo-a a um acidente funesto e casual, no qual nem eu nem ele tínhamos a menor culpa.
— Se alguém se propôs separar-me dela, conseguiu-o; maldito seja!
Lançou-me um olhar oblíquo e pôs-se a falar atropeladamente do luxo do enterro, para o qual não fizera a menor economia. Não pude deixar de admirar sua fácil resignação.

— Permitir-me-á que pague ao menos a barca?

— Por Deus, querido tenente! Como pode imaginar tal coisa?

E ao dizê-lo, seus olhos carregaram-se de ódio... Pelo espaço de três semanas não vi Eduarda; isto é, via-a de passagem, no armazém. Estava na seção de roupas escolhendo umas fazendas e dirigi-lhe um seco "bons-dias"; virou a cabeça e não me respondeu. Sem saber porque, decidi não comprar na sua presença o pão que procurava, e pedi, em vez dele, pólvora e chumbo; enquanto me serviam examinei-a de lado; seu vestido cinzento, com as folhagens desbotadas, pareceu-me mais curto. Como crescera em poucos meses! Seu peito erguia-se e descia bruscamente, e sob a sua fronte evidentemente pensativa, as sobrancelhas traçavam dois arcos enigmáticos... Sim, todos os seus movimentos revelavam certa madureza; olhei-lhe as mãos e seus dedos afilados e pálidos deram-me quase a sensação física do estremecimento... Continuava escolhendo panos sem se preocupar comigo, e eu senti desejos de que Esopo se aproximasse dela para ter o pretexto de o chamar e reatar conversa.

— Aqui está sua pólvora e as balas — disse o rapaz que me servia.

Paguei, tomei os pacotes, e depois de cumprimentar, saí. Ela ergueu os olhos mas não correspondeu ao meu adeus.

— Ora, tudo vai bem! — disse comigo mesmo. — Naturalmente o barão levou com as suas coleções a palavra de casamento... É coisa feita.

E afastei-me sem comprar o pão, voltando-me, para me convencer de que os seus olhos odiados e queridos estavam fixos no pano, sem se interessarem por aquele que acabava de sair.

CAPÍTULO XXXV

Caiu a primeira nevada, e não obstante ter sempre acesa a chaminé comecei a sofrer frio. A lenha ardia, e além disso, malgrado todas as minhas reparações, as fendas deixavam penetrar o vento do norte. Findava o outono e os dias eram cada vez mais curtos; o sol derreteu as primeiras neves e limpou os campos, mas de noite o frio era tão intenso que a água gelava e morriam as plantas e os insetos.

Também os homens se rodeavam de um misterioso silêncio; até os mais rudes pareciam meditar e todos os olhos se diriam ocupados em assistir à chegada do inverno. Já não nos vinham, alegres, os gritos dos secadores, o porto dormia sonhando com a estival animação, e toda a paisagem se preparava para essa longa noite boreal, em que o sol dormita escondido nos mares. O ruído dos remos de uma barca, sozinha em toda aquela tranqüilidade, ressoava como alguma coisa atrevida. A remadora era uma moça.

— Aonde foste, pequena?

— A parte nenhuma.

— Como a parte nenhuma? Não me tomes por um qualquer importuno; lembra-te de que já nos conhecemos: no verão passado estivemos juntos uma vez.

Atraca perto de onde eu estou e amarra o bote; acabo então de explicar-lhe.

— Encontrei-te guardando um rebanho e fazendo meia... e estivemos juntos naquela mesma noite, não te lembras?

O sangue sobe-lhe às faces e sorri levemente, perturbada.

— Vês como não te esqueceste? Vem até à minha cabana e conversaremos. Não penses que esqueci teu nome... Chamas-te Henriqueta.

Mas ela continua o seu caminho, sem responder. O vento do outono, o frio do inverno adormeceram seus sentidos, que assim ficarão, castamente, até à primavera... Não, nem ela nem outra, nenhuma virá enquanto as plantas estiverem sem flores e o céu sem brilho... É tempo de descansar, de lembrar... O sol já mergulhou nas águas e vai demorar muito a erguer-se outra vez.

CAPÍTULO XXXVI

Vesti pela primeira vez o uniforme e dirigi-me a Sirilund. Meu coração batia agitado, e pelo caminho fui lembrando quantos acontecimentos haviam tido lugar desde o dia em que Eduarda me abraçara e beijara diante de todo o mundo... Durante largos meses me mortificou cruelmente e me fez encanecer... A culpa era minha por ter renunciado à força de vontade, deixando-me iludir pela minha falsa estrela... Ao aproximar-me pensava: "Quanto se divertiria se eu caísse a seus pés e lhe revelasse o meu segredo... Naturalmente, vendo-me chegar há de oferecer-me uma cadeira, pedirá vinho para me obsequiar e antes de tocar com seu copo no meu há de dizer-me: "Desejo agradecer-lhe, senhor tenente, as horas involvidáveis e felizes que passamos juntos", e ao ver renascer em mim a esperança, fingirá beber e deixará sobre a mesa o copo intacto, não para me fazer acreditar que bebeu, mas para me tornar clara a injusta ofensa... É esse o seu temperamento e ninguém pode nada contra ele... Menos mal que a última partida do doloroso jogo já começou".

Antes de entrar ainda sigo o fio das minhas reflexões: "Meu uniforme talvez a impressione; as jarreteiras e os galões são novos, os botões resplandecem e a espada tilintará pelo chão..." E um riso nervoso me sacode: "Quem sabe se a última hora não será a do meu triunfo?" Ergo a cabeça num gesto vaidoso... "Não, nada de baixezas... Guardemos o sentimento da dignidade, e, aconteça o que acontecer, saibamos mostrar indiferença sem fazer nenhuma tentativa concreta; assim mesmo... "Perdoe insuportável senhorita, que me retire sem pedir sua nem sempre bem lavada mão".

O sr. Mack sai-me ao encontro no saguão, mais pálido e com os olhos mais fundos do que nunca.

— Então vai mesmo embora? É verdade que nestes últimos tempos, depois do incêndio da sua cabana, não estava nada bem instalado.

Sorri de tal modo e com tão perfeita naturalidade que parece ter à minha frente o melhor ator ou o homem mais inocente do mundo.

— Entre, senhor tenente — acrescenta antes de se afastar com a cabeça baixa, ruminando suas idéias. — Eduarda está na sala. Terei o gosto de lhe apresentar as minhas despedidas no cais.

Eduarda descia o rosto de um livro e não pôde esconder um gesto de surpresa ao ver-me de uniforme. O seu rubor e a sua boca entreaberta dão-me uma antecipação da vitória.

— Venho despedir-me — murmuro.

Ergue-se de um salto, como se as minhas palavras a ferissem.

— Vai então embora... já?

— Logo que chegue o vapor.

E humildemente, contra todos os meus propósitos, pego em suas mãos e sussurro, olhando-a no fundo dos olhos:

— Ah! Eduarda, Eduarda!...

Como por encanto torna-se fria, hermética, e o instinto de homem adverte-me que tudo nela se prepara para me resistir. Perante a sua figura rígida curvo-me na atitude odiosa de um mendigo, liberto-lhe as mãos e apenas tenho alento para repetir muitas vezes: "Eduarda, Eduarda!" até que num altaneiro tom de impaciência me interrompe:

— Muito bem, que deseja então? Tem alguma coisa a dizer-me?

Como não consigo responder, acrescenta:

— Vai-se então, não é verdade? Boa viagem... Sabe Deus quem virá para o seu lugar no próximo ano.

— Qualquer um... Naturalmente reconstruirão a cabana.

Segue-se um silêncio durante o qual demonstra grande vontade de reatar a leitura; e para me indicar o fim da entrevista, diz:

— Sinto que meu pai não esteja aqui; eu me encarregarei, no entanto, de lhe apresentar as suas despedidas.

Como não posso responder aproximo-me, e é mais com um suspiro do que com palavras que lhe digo:

— Adeus, Eduarda.

— Adeus.

Abrindo a porta para sair percebo que já retomou a leitura. Meu adeus não lhe produziu a menor impressão!... Permaneço quieto um instante e depois tusso; ela ergue os olhos e pergunta em tom de surpresa:

— Oh!, não tinha já ido embora? Pareceu-me tê-lo ouvido sair.

Sua surpresa é demasiado viva para ser real; evidentemente exagera-a, e bem sabia, ao perguntar-mo, que em vez de me retirar eu ficara ali estupidamente, olhando-a, olhando-a...

Aproxima-se então de mim:

— Desejaria guardar uma lembrança sua... Mas talvez seja excessivo... Quer deixar-me Esopo?

Imediatamente respondo que sim.

Saio e com infinita ansiedade volto a cabeça para ver se uns olhos me espreitam atrás da janela, como de outra vez... Não, ninguém olha. Isto acabou!

Foi de absoluta insônia a última noite passada na cabana; as horas passaram entre as minhas meditações sem as interromper e quando era madrugada preparei o almoço. O dia anunciava-se úmido e gelado... As meditações continuavam ainda: "Por que me pediu que lhe levasse o cão? Desejará falar-me outra vez? Não, não; não tenho mais nada a ouvir!... De resto, como tratará Esopo?... Esopo, meu pobre e fiel Esopo, não quero dar-te porque te faria sofrer... Para se vingar de mim havia de martirizar-te. Talvez te acariciasse algumas vezes, mas para te martirizar melhor bater-te-ia sem motivo e quando menos o merecesses... Não, não, não posso pagar assim tua pura amizade!... Vem, Esopo, vem!...

E quando o cachorro põe as patas sobre mim e estica a ansiosa cabeça para ajuntar com a minha, pego a espingarda, e sem pena de o ver excitar-se como se se tratasse de

122

uma das nossas partidas de caça, apoio-lhe o cano na nuca e puxo o gatilho. Pouco depois um mensageiro leva a Eduarda, em meu nome, o pobre cadáver.

CAPÍTULO XXXVII

O vapor devia partir quase ao anoitecer; mas como toda a minha equipagem já estava a bordo fui para o cais ao meio da tarde. O sr. Mack veio despedir-se, augurando-me entre dois apertos de mão uma travessia magnífica, e garantindo invejar-me o prazer de viajar assim. Algum tempo depois chegaram o doutor e Eduarda; ao vê-la minhas pernas fraquejaram, e tive necessidade de toda a minha energia para não trair a impressão.

— Quisemos prestar-lhe todas as honras — assegurou o doutor.

— Obrigado.

Eduarda olhando-me fixamente, disse:

— Vim somente agradecer-lhe o cão.

Tinha os lábios pálidos e mordia-os freqüentemente. O doutor, curvando as mãos à maneira de busina, para ser ouvido do navio que estava fundeado muito próximo, gritou a um marinheiro:

— Quando levantam os ferros?

— Dentro de meia hora.

Permanecei silencioso, observando que a excitação não permitia a Eduarda manter-se quieta. E talvez por se sentir observada, propôs ao doutor:

— Quer voltar? Já falei o que tinha a dizer.

— Já *disse* é muito mais correto senhorita. Ri humilhada pela emenda do doutor, e pergunta:

— Mas não é a mesma coisa?

— Não, respondeu ele em tom inapelável.

Contemplo o mísero homenzinho, velho e coxo, e quase invejo o seu frio ar resoluto. Pelo menos sabe seguir o seu caminho; traçou uma norma de conduta e segui-la-á, obstinadamente, até o fim. Se perder a partida ninguém o notará, porque a sua vontade sabe frear os nervos e imobilizar os músculos que se contraem com a decepção e a dor. Como o crepúsculo avança, viro-me para eles com a mão estendida:

— Adeus, e obrigado por tudo... por tudo.

Eduarda olha-me em silêncio e depois volta a cabeça para examinar o navio. Desço para o bote, que logo desatraca, e quando subo para bordo e vou à coberta, vejo-a ainda no cais e ouço o estertóreo adeus com que o doutor me saúda. Vendo-me desaparecer, Eduarda põe-se a andar em passos rápidos, trabalhosamente seguida pelo seu cavalheiro, e perde-se por entre as casas. Foi a última visão que dela tive.

Cai a noite, o cais apaga-se e uma infinita melancolia, em amarga maré, invade-me o coração. O navio arqueja e começa a mover-se. As luzes da terra acendem-se e eu posso ler em uma fachada: "Depósito de sal e tonéis vazios"... Pouco a pouco as letras diminuem com a distância, confundem-se, extinguem-se... A lua e as estrelas surgem, as montanhas delineiam no horizonte seus gigantescos espinhaços, e após o despenhadeiro aparece a floresta imensa... Que emoção!... Lá está o moinho, ali estava a minha cabana, lá está, solitária a negra, a enorme pedra que o incêndio respeitou... Ah!, Iselina!... Eva!...

E a noite boreal, com a sua tristeza, amortalha a paisagem.

CAPÍTULO XXXVIII

Tudo o que aí fica foi escrito para matar o tempo, para me dar o prazer de evocar aquele verão, cujas rápidas horas fugiram mal me dando tempo de as saborear... Agora tudo é diferente e os dias parecem-me intermináveis.

Não é que deixe de pasar bons pedaços, não; mas o caso é que o tempo dura mais. Pedi minha reforma, sou inteiramente livre, já corri muito mundo e correrei ainda mais, e todavia... Às vezes, semicerrando um olho, ponho-me a olhar a lua e as estrelas, agora diferentes sem que eu saiba porque, da outra lua e das outras estrelas tão vivas na minha lembrança, e parece-me vê-las rirem-se, não sei se de alegria ou de escárnio... Ora, não é escárnio! Tudo no mundo me sorri. Frequentemente abro uma garrafa para convidar outros divertidos companheiros, e passamos bem, muito bem até. Quanto a Eduarda, nunca penso nela. Como seria possível não a esquecer em tanto tempo? Além disso, não resta dúvida que tenho muito amor-próprio...

Quando alguém me pergunta se tenho algum desgosto, respondo com um "não" tão áspero que não me torna a interrogar... Cora, minha nova cadela, contempla-me como se também quisesse interrogar-me. O tique-taque do relógio ouve-se por sobre a chaminé, e pela janela vem-me o confuso rumor da cidade... Alguém chama: é o carteiro que me traz um envelope lacrado... Já sei de onde vem; sabia-o antes de o ver chegar... A não ser que tudo isso sejam alucinações de uma noite de insônia!

O envelope não encerra carta nenhuma: traz-me somente umas penas de pássaro do Norte... E um súbito terror transforma as minhas veias em torrentes geladas: "Para que quero estas penas verdes?" — digo a mim mesmo. — "Por que sinto este frio?... Entra demasiado vento pelas janelas..." E fecho-as, mas os pensamentos continuam. Parece-me lembrar um incidente futil da minha estada naquela cabana do extremo Norte, que certa noite se converteu numa fogueira. O tempo amorteceu o brilho destas penas... Que prazer tenho em vê-las outra vez! E logo à minha frente surge um rosto e ouço uma voz que me diz: "Senhor tenente, aqui tem as suas penas... Não as quero".

— Cora, fica quieta... Se te moves prego-te um tiro!

125

Ah!, faz um calor intolerável! A quem diabo lembra ter as janelas fechadas?... Que as abram, que abram também a porta... Entrai, amigos, vamos beber, e venha também um mensageiro para levar uma carta que hei de escrever... Mas não, não; só amigos e vinho... muito vinho... quanto mais, melhor!...

E o dia finda sem me abandonar a terrível sensação de que o tempo mal transcorre.

Está terminada esta narrativa escrita somente para me distrair. Não tenho agora a menor preocupação; sinto apenas desejo de ir para muito longe, não importa para onde, para a África, para a Índia, para qualquer lugar onde haja muito pouca gente e muitas árvores.

Quero entregar-me à floresta e à solidão.

A presente edição de PAN de Knut Hamsun é o Volume de número 11 da Coleção Excelsior. Capa Cláudio Martins. Impresso na Líthera Maciel Editora e Gráfica Ltda., à rua Simão Antônio 1.070 - Contagem, para a Editora Itatiaia, à Rua São Geraldo, 67 - Belo Horizonte - MG. No catálogo geral leva o número 01026/6B. ISBN. 85-319-0712-8.